Suciedad y colores

Juan Greco

Suciedad y colores

Juan Greco

© 2021 Juan Greco

Portada: Pablo López Learte

Maquetación: Marshall Weiss
www.estudioweiss.com

Este libro ha sido maquetado utilizando la tipografía Sabon LT Pro en cuerpo 12.

Sobre el autor

Juan Greco es un Compositor, productor y DJ madrileño graduado en comunicación audiovisual.

Cuenta con la suerte de haber trabajado con algunos de los productores e ingenieros más grandes del país, figuras de la talla de Jose María Rosillo (Jorge Drexler), Manuel Colmenero (Vetusta Morla), Javier Catalá (Alejandro Sanz)... de quienes ha podido absorber la pasión por esta profesión y la técnica que ejercen en su desempeño. Su sonido aborda el pop y la electrónica desde nuevas perspectivas.

Como DJ ha pinchado en la mayoría de los clubs importantes de la capital además de participar en el Amsterdam Dance Event (ADE) en el 2019 de la mano del sello discográfico Vnderstand Records.

A nivel personal siempre ligado al mundo del arte y en la búsqueda contínua de nuevas narrativas, organiza con asiduidad eventos híbridos (Néo Kýma, Cyclo, Under Roof...) en donde arte plástico, performances y música electrónica de vanguardia se fusionan.

"Suciedad y colores" es su primera novela.

Instagram: @Juan.Greco

A Iago y Cristina,
tan suyos y a la vez tan míos.

A NK,
que continúa en la búsqueda
de una vida mejor.

"El arte no es lo que se ve;
el arte es la brecha"

Marcel Duchamp

1

Lo más difícil de escribir es cuando no tienes nada que decir. Es sencillo cuando por lo menos sabes a quién te diriges, pero yo me dirijo a mí y todavía no sé muy bien quién soy. Empecé con este estúpido diario porque se le ocurrió a mi terapeuta. A mí me da igual llamarlo terapeuta, psicólogo o loquero, pero mi madre lo prefiere así. Le hace creer que estoy menos loco pero la verdad es que un poco loco sí que estoy. No en plan mal como esos chicos de Estados Unidos que salen en el telediario, muertos en el suelo después de coser a balazos a sus compañeros de instituto. Así de loco no. Nunca mataría a alguien. Puede que alguna vez lo haya pensado pero solo por encima, inofensivamente, como cuando me digo que algún día dejaré de fumar mientras escupo el humo con el pitillo prendido entre los dedos. Y aunque sé que lo de matar a otros no va conmigo, a veces me da por pensar en mi propia muerte. Cosas como si las pastillas serían rápidas o si al saltar desde un séptimo llegas a sentir dolor.

Tampoco es que le de muchas vueltas a ésto. Solo por encima, por si algún día lo tengo que hacer. No es que quiera hacerlo. No creo que nadie quiera hacerlo, ni siquiera los que lo hacen. Es solo que se ven en la circunstancia y sienten la necesidad. Yo solo quiero estar preparado por si acaso.

Tiene que ser muy chungo llegar hasta allí. Sentirse tan solo. Y no me refiero a la sensación de esperar al autobús que nunca pasa, en plena madrugada. Es más como cuando te ocurre algo importante de verdad y no tienes a quién contárselo y un vacío extraño se apodera de tu estómago.

Cuando estaba en el instituto, a Mario y a mi nos dio por la fotografía. Llevábamos la cámara a todas partes, siempre preparada para retratar los "instantes eternos" como a nosotros nos gustaba llamarlos. Coleccionábamos aquellos momentos a todas horas y en cada lugar. Aún guardo fotos de cada uno de los colegas, de aquellas fiestas y borracheras iniciales e incluso de las primeras veces que me acosté con Anabel... Y así con todo. Llevaba la cámara encima hasta cuando tenía que usar el váter.

Mario y yo soñábamos con exponer nuestra obra conjunta "El ciclo de las memorias bizarras" y estábamos a punto de hacerlo. Reuníamos la más exquisita selección de primeros planos de gente mayor desde ángulos insólitos, palomas muertas, basura de la calle, cuerpos desnudos y sudorosos sin rostro pero con gesto, drogas blandas y no tan blandas, y nuestra firma por antonomasia, cagadas de perros de todos los colores y texturas.

Uno de los bares que frecuentábamos para comprar tabaco era propiedad de Adam, amante de la fotografía, punki y un auténtico zorrón. No teníamos todavía los 18 pero hacía la vista gorda porque le gustaba vernos con las cámaras al cuello. De vez en cuando nos parábamos a charlar. "Cartier", "Abbott", "Brassaï"... nos hablaba de los grandes y de cómo habían influido en la técnica y la perspectiva, cada uno a su manera. Cuando vio nuestro trabajo por primera vez silbó "caaaray" dijo "aquí hay algo" y nos habló sobre la idea de exponer. Le respondimos que "El ciclo de las memorias bizarras" estaba bien pero que todavía no estaba finalizado. "No sabemos aún el qué pero algo le falta".

Al acabar el séptimo año de instituto Mario y yo nos peleamos. Pasaba muchas tardes en su casa y al final me acabé enrollando con su hermana. Se enfadó conmigo como si le hubiese traicionado y ya no me volvió a dirigir la palabra nunca más. Y cuando digo "nunca más", lo digo de veras, con todo peso y severidad. Al poco tiempo de que pasara aquello, a su madre le dieron un ascenso y la familia entera se mudó de ciudad. Intenté despedirme pero él seguía en sus trece y ya no logré que hiciéramos las paces. Es duro cuando crees que tu relación con alguien está a prueba de todo y luego te das cuenta de que te equivocabas.

Me enfadé mucho con él por no dejarme decirle adiós, incluso más de lo que él lo estaba conmigo por lo de su hermana. Tanto que cuando me enteré de que ya se había marchado, volví corriendo a casa con la cara roja de ira y al abrir le pegué un puñetazo a lo primero que encontré por delante: el espejo del recibidor. Mi madre que había escuchado el ruido de los cristales se acercó y no pudo evitar soltar un grito al ver todas aquellas agujas plateadas atravesándome la piel. Mientras ella iba a por el botiquín me encerré en el baño con el brazo como una fuente e hice lo único que sé hacer cuando realmente no tengo ni idea de qué es lo que se me viene por delante: fotografiar.

Tomé más de doce instantáneas antes de abrirle la puerta a mi madre que no paraba de golpear la madera, lo cual para la era de la fotografía móvil y los selfies baratos no es una cantidad demasiado alta pero que para un carrete de veintiún disparos es bastante. Aunque ese no es el tema…

La cosa es que nada más tomarlas supe que de ahí saldría la foto que cerraba "El ciclo de las memorias bizarras". y estoy tan seguro ahora como lo estaba en ese mismo momento de que Mario hubiera pensado lo mismo.

Entonces me di cuenta. Ya no me sentía enfadado por más tiempo, todo el odio se había desvanecido. No era dolor, miedo o arrepentimiento, sino soledad. La única persona que comprendería esa foto y su importancia se había esfumado y por mucho que se lo explicara a los demás, jamás me entenderían.

Es ese tipo de soledad la que duele, sentir que nadie más te entiende.

Para quitarte la vida te debes de sentir muy solo.

2

Esta mañana he tenido visita de mis padres. Hace tiempo que me vine a la capital para estudiar un grado universitario en cine. Desde entonces les veo únicamente unas cuantas veces al año.

Mi madre me ve delgado, dice que debería comer más. Mi padre que me busque un trabajo de verdad, que ya hace tiempo que terminé los estudios. No entiende que me gane la vida con el dinero que saco de las fotografías que me compran en las exposiciones. En realidad yo tampoco lo entiendo y no sé qué sería de mí si no vendiera marihuana, hachís y MDMA en mi humilde piso del centro.

En cualquier caso después de comer les llevé al New Tempo, un bar de copas donde los asientos son majestuosos sofás de cuero violeta y corte antiguo, dispuestos entre imitaciones de estatuas griegas y lámparas de luz tenue. Por muy sofisticado que parezca, se trata de un garito donde una mezcla variopinta de personas de toda clase, condición y edad se juntan cada noche a platicar sobre nada en concreto, en tránsito constante de público hacia los lavabos, casi siempre en parejas o tríos, con mucha nariz y poco tabique. Lo más atractivo del lugar recae sobre sus estancias acogedoras y sus precios populares. A mis padres les encanta beber y pagar poco así que no hubo fallo. Además a esas horas, las cinco de la tarde, el garito adquiere un aura completamente distinta con un público mucho más relajado. No sabía que en el New Tempo sirvieran café e infusiones.

Pero no llevé allí a mis padres por el alcohol a buen precio o por lo menos no solo. En una de las paredes, bien visible y en tamaño grande, una de mis fotografías preside la estancia: el retrato en blanco y negro de tres cuerpos desnudos, entrelazados como un 333 de carne y hueso.

El día que tomé esa foto tuvo más de 24h y fue un intento no premeditado de capturar el momento para la posteridad, un tatuaje para la memoria. Aún recuerdo el organismo vivo que formamos ese mediodía bajo el cálido sol que entraba por la ventana del séptimo y se me siguen erizando los pelos del cuerpo.

Mis padres no parecieron percibir todos aquellos matices subjetivos que deben de estar solo en mi cabeza y se mostraron bastante indiferentes. No se lo tengo en cuenta, siempre fueron de pocas palabras.

Una vez de pequeño gané un certamen de poesía en el colegio. Se trataba de un pequeño recital compuesto por participantes de varias clases, en donde los compañeros leíamos composiciones de temática amorosa, empezando a mamar del cliché. Todo durante la fiesta de despedida por vacaciones de Navidad. Me apunté porque me parecía un ejercicio divertido que habíamos practicado durante las clase de lengua y porque por aquel entonces, las películas Disney ya habían esbozado en mi cabeza una imagen aproximada de lo que el amor romántico significaba, a través de películas como La Bella y Pocahontas. A esas edades además, antes de dormir por las noches, me daba por imaginar. Inventaba aventuras de todo tipo. En unas era un soldado que salvaba a mis compañeros de forma heróica, en otras jugaba al fútbol y marcaba el gol de la final de una champions, después de increíbles demostraciones de calidad. También fantaseaba con reyes y reinas, conquistar a la corte con mis ingeniosos versos y lograr el amor de mi amada. Esta última fantasía me daba ventaja ante el resto de mis compañeros, más por práctica que por talento.

La verdad es que ya no recuerdo el poema. Casi todo el resto del día lo tengo emborronado. Lo que no he olvidado es a mi madre al salir. Yo estaba contento y feliz y la busqué en cuanto terminamos el acto. Quería compartir con ella aquel triunfo. Por aquel entonces era pequeño y todavía desconocía que mis alegrías no tienen por qué ser las de los demás.

Ella personalmente no estaba pasando por un buen momento. Recuerdo que había días en los que se encerraba en el cuarto durante horas y lloraba, como si se quisiera vaciar por dentro. Yo la escuchaba a través del otro lado de la puerta pero nunca sabía muy bien qué hacer.

Entonces era solo un niño y a día de hoy no entiendo muy bien mis emociones como para entender bien las de mi madre en ese momento. Sin embargo pensé que al haber ganado el concurso ella se alegraría un poco. Me equivoqué. Mi madre estaba triste.

Me cogió de la mano y volvimos a casa sin mediar palabra. Al llegar a casa se metió en el baño, abrió el grifo y no salió hasta después de que me quedara dormido en el pasillo. Desde entonces nunca más volví a escribir.

Con la edad he aprendido a que no me afecten los altibajos emocionales de mis padres, suficiente tengo con los míos. No es que ellos no me quieran, simplemente piensan, sienten y actúan de forma distinta. Quién soy yo para juzgar lo distinto pero en cualquier caso escuece.

Por eso en realidad lo que piensen sobre la foto en el New Tempo me da un poco igual, me basta con mantener en pie la ficción acerca de mis ingresos y de cara a lo que es mi vida aquí en la capital. Para la hora de cenar ya no nos quedaba nada que decir y me he inventado una excusa sobre un compromiso para largarme, palabras que mis padres han recibido con los brazos abiertos. La familia para algunos es una bendición y para otros, aunque sea solo de forma intermitente, una carga.

Esta noche había reunión y copas en casa de Dani pero me encuentro sobre la cama tumbado y con opresión en el pecho.

<h1 style="text-align:center">3</h1>

Timbre, puerta, móvil, más timbre. La gente sube y baja. Intento agruparlos en horarios unificados, preferiblemente cuando el portero está comiendo o ya se ha marchado a casa. Nunca gente no conocida ni demasiados amigos de amigos. Los ruidosos tampoco vuelven.

La gente idealiza los puntos de venta de droga. Por supuesto existen aldeas y pisos de yonquis con agujas y papel de plata pero en mi caso conozco a pocas personas que los hayan pisado y eso que conozco a más de un granuja. La droga va más allá de esa minoría occidental de favela y se encuentra en las aulas de universidad e instituto, en las oficinas de marketing y teatros, en la bolsa y la construcción, más un largo etcétera. Un porro en el sofá, una raya en la oficina, una rula en la pista de baile... y eso sin entrar en el tema del alcohol y el tabaco. Todos se meten droga o tienen un colega que lo hace y en su mayoría son gente normal, y si hay algo que define a la gente normal (si es que existe tal cosa) es que no nos gusta la inseguridad que da un yonqui con su aguja. La mayoría de puntos de venta de marihuana, cocaína y MDMA son sistemas a domicilio o viviendas corrientes con calefacción, TV y estanterías. Ese es el caso de mi piso.

Me considero un simple mercado de barrio pero sin la posibilidad de promocionarme en marquesinas. Compro mercancía en grandes cantidades para abaratar costes y la vendo en pequeñas dosis subiendo el precio. Ni más ni menos. Durante algún tiempo me metí en la cocaína pero mierda... esa gente está enganchada y tiene problemas serios y a mi me gusta hacerlo fácil. Si alguien se quiere joder la vida, adelante, es libre, pero que a mi no me meta de por medio.

Con el MDMA es distinto, su uso es recreativo y nadie se mete para ir a la oficina. Como mucho una vez a la semana, pero tampoco lo recomiendo a no ser que quieras acabar con un baile hormonal digno de un claqué sobre la tiroides. Además, mi margen de beneficio es mayor. La coca se importa, tienes que pagar gasolina, logística y gente que esté dispuesta a traerla exponiendo su culo por las aduanas a décadas de cárcel; en cambio el éxtasis se fabrica aquí.

Conseguir diez "g" a sesenta euros no es una cosa descabellada. Luego lo separas y vendes cada gramo a cincuenta euros y.... bualá. Pocos negocios cuentan con esos márgenes de beneficios. Quizás Apple.

La marihuana y el polen dan ganancias mucho menores, pero siempre es bueno diversificar y a mis colegas les mola fumar. Muchos de ellos son excompañeros de universidad. Estudiaron cine para hacer arte y trabajan diseñando anuncios para vender productos. La línea que separa ambos lados es en realidad ligera. Siempre vendes algo, un concepto o una transacción económica. "El poder de Cristo" en aquella estatua en lo alto de la iglesia o "seguros Ocaso" para la tranquilidad de tus días futuros. Siempre fue así, desde que la mujer es mujer[1] y tuvo que alimentarse. La diferencia es saber hasta dónde estás dispuesto a llegar. Algunos de estos excompañeros prefieren currar en bares por un dinero parecido y menos responsabilidad y riesgo. Quizás no hayan pensado que en un bar hay pocas posibilidades de promoción. Seguramente sí pero no han encontrado otra cosa por el momento. También puede ser que realmente estén cómodos y satisfechos, al final todo es lo mismo: realizas una tarea por dinero y/o prestigio. Pura convención social. El verdadero artista es el

---

1   El autor utiliza aquí el femenino como plural genérico, recurso que volverá a aparecer más en adelante en la obra.

que ama lo suficiente su desempeño como para que le llene su ocupación sea cual sea. Hay barrenderos con más arte que muchos directores de cine. Mi problema es que pocas cosas me llenan lo suficiente.

Tampoco sé cuánto tiempo seguiré ganándome la vida con ésto. Por el momento está bien, mejor que cuando reponía cajas en el supermercado mientras estudiaba la carrera.

4

Hoy no tenía nada que hacer, las paredes me comían y he salido a pasear. Es como si el mundo entero se apoyara sobre mis hombros y me aplastara. Sé que es solo una ilusión pero no puedo evitar sentirla real.

Es el tiempo. Desde que el hombre inventó el reloj y lo normalizó ya no es suficiente con medir los días. Hay horas y minutos. Manecillas que se mueven más rápido de lo que tú lo haces. Quedarse atrás no es una sensación agradable. Lo más gracioso es que si corro no sé por qué ni hacia dónde.

"¿Habré aprovechado el día?" Me quema esa frase. Moriré un día y el mundo seguirá hacia delante como si nada y aun así tengo que preocuparme por ser productivo. Pero ¿qué coño es ser productivo?

Si existe tal cosa mi tío Paco lo era, desde luego. Se pegaba el día entero trabajando de sol a sol y además le sacaba partido. Comenzó repartiendo fruta y verdura con una furgoneta prestada y ahorró lo suficiente para sacarse el carné de camión. A los años ya tenía su propio trailer y no contento con ello invirtió hasta tener su propia flota, toda una empresa de logística y transportes construida a lo largo de treinta y cinco años de trabajo, sudor y buena cabeza. El año pasado un cáncer se lo llevó por delante sin haberse llegado a tomar un respiro en toda su vida. Ahora gran parte de la fortuna la tienen mis primos que con 25 años son más ricos de lo que mi tío lo fue la mayor parte del tiempo que estuvo entre nosotros. ¿Son acaso mis primos más productivos que mi tío? ¿Y qué ocurre conmigo? Lo que más dinero me da es la droga que es lo que menos tiempo me lleva. El resto es ocuparme disparando el obturador, seleccionar las instantáneas que me gustan y deshacerme de las demás. Las fotografías son los recuerdos más sencillos de los que me puedo librar. Ojalá se pudieran elegir así de fácil qué recuerdos tirar a la basura.

Amo la fotografía por todo lo que me aporta. No me importa palmar dinero con los carretes y sus revelados. Si me comprasen las fotografías podría rentabilizarlos pero lo cierto es que las capturas que hago no buscan agradar a nadie y por eso pocos las quieren para colgar en sus paredes.

Una vez una señora en una exposición vio una de mis fotos y dijo que no se la llevaría ni aunque le dieran dinero por ello. En la imagen aparecía un colega tumbado boca arriba ahogándose con su propio vómito. Por supuesto que le ayudé a sobrevivir no sin antes tomarle un robadito para la posteridad. Ese comentario no me dolió, todo lo contrario. De hecho desde entonces tengo algún tipo de fetiche con el vómito y lo retrato siempre que tengo la ocasión. Es como si me diera morbo hacer fotografías que sé que pueden desagradar a otros. Creo que tengo algún tipo de problema.

Me extraña que luego en instagram tenga tantos likes. Supongo que no soy el único trastornado. Aunque la realidad es que esos likes no se traducen en ventas y nadie me compra imágenes de bilis para ponerlas en sus paredes.

Sea como fuere, capturar estos momentos me resulta placentero. Otros prefieren salir a correr.

5

No me acuerdo muy bien de cómo empezó nuestra relación, supongo que coincidiríamos en al ascensor o al entrar o salir del edificio. Mi vecina del quinto se llama Dolores y tiene 83 años. Vive sola desde hace más de dos décadas cuando su marido murió. Para ella fue todo un alivio, la pegaba desde que se casaron.

Con el tiempo hemos llegado a entablar amistad y paso casi todas las semanas a tomar café a su casa después de ayudarla con la compra.

Su piso tiene la misma distribución que el mío, la diferencia es que su entrada parece un portal a un universo pasado, con muebles de madera de otra época, sillones vetustos y cuadros en cada hueco de la pared como si ocultaran algo tras las imágenes de ciervos y trigales oscuros. Dolores es una persona pulcra y ordenada, lo que no evita un olor ocre en toda la estancia, como si la vejez se escondiera entre los pliegues de las cortinas. Lo que más me sorprendió la primera vez que entré a su salón, más que la abundancia de elementos fue la ausencia de fotos.

Dolores nunca tuvo hijos y es lo que más le dolió en esta vida, aunque con el tiempo terminó por asumirlo. Su marido siempre la acusó de ser la culpable, pero ella no está tan segura. Sus dos difuntas hermanas tuvieron varios hijos cada una y nunca hubo problemas de ese tipo en su familia. Los hijos y nietos de sus hermanas viven lejos, nada más casarse Dolores y su marido se mudaron a la ciudad en busca de trabajo. Es por eso que rara vez recibe visitas y por eso mismo le gusta tanto que yo pase a verla, cosa que hago encantado.

Conozco a pocas personas tan divertidas como Dolores. Se lo digo y se ríe. A pesar de su edad siempre me sorprende con temas inesperados, no se corta con nada. Es curioso lo abierta de mente que puede ser una persona a su edad, quizás porque poco tiene que perder o que ganar. Me pide que le cuente sobre mis colegas, las salidas a los clubs por la noche, el sexo con mujeres y hombres, las nuevas modas... ella se muere de la risa, siempre a punto para soltar un chascarrillo, mientras insiste en que en su época no se veía eso porque estaba todo escondido. Lo paso muy bien hablando con ella. Lo que más me gusta no es solamente su sentido del humor sino que nunca me dice lo que tengo que hacer o lo que debería haber hecho: que estudie ésto o busque tal trabajo, que me case o invierta en una casa... le gusto por la persona que soy y no por la que puedo llegar a ser o por lo que los demás esperan que haga.

Solo por eso me muerdo la lengua cuando habla de su marido. A día de hoy noto que se le siguen erizando los pelos de miedo cuando lo nombra. Ella dice que es solo respeto, para quitarle hierro al asunto. Me parece increíble que le defienda después de tantos años. Dice que la alimentó siempre, como si eso justificase nada. Me cuenta que en realidad los golpes no eran lo que más le dolía sino esa sensación continua de no saber cómo hacer para contentar a su marido. No huyó porque a Dolores la habían enseñado a querer mal.

Es la única vecina del bloque con la que me llevo, al resto les saludo y poco más. Sé de sus vidas por lo que imagino a partir de sus vestimentas cuando me los cruzo y por las voces que se cuelan goteando por las rendijas de los muros del edificio. Alguna discusión intensa, algún polvo salvaje y eso es todo. Vivo rodeado de cientos de miles de individuos desconocidos.

Mis colegas por lo general no viven a menos de unas cuantas manzanas. Treinta minutos en metro por lo general. Las ciudades se forman por utilidad pero si me paro a pensarlo son la estructura más inútil que existe, todo está lejos y abarrotado.

Aun así en la urbe esa falsa utilidad sigue siendo lo primero y por eso nos hemos olvidado de los mayores. Porque ya no sirven para repartir paquetes de amazon ni comida a domicilio. Su mayor arma es la experiencia y ya ni siquiera eso nos es útil ya que tenemos a golpe de yema de dedo información sobre el paleolítico y podemos saber la cantidad exacta de artículos que tiene la constitución aunque en realidad se nos sigan escapando las trampas y recovecos que esconden las leyes.

En el siglo XXI ya lo sabemos todo. Por eso cuando visito a Dolores está siempre sola, como si sus memorias no sirvieran. Como cuando vuelvo a casa por la noche sin compañía, como si mi amor no sirviera.

6

Qué curiosa es la subjetividad. Lo que para mí es profundo y lleno de matices para otro es aburrido.

El otro día estuve follando con Laura. Resulta que no le gustan sus preciosas orejas ligeramente más pequeñas de lo habitual. Esto me hace mucha gracia. A mí de pequeño las orejas me destacaban de tal manera que parecía que iba a echar a volar y sin embargo nunca me importó demasiado, como la bolladura de un coche heredado cuando se es joven. Mi madre siempre habla del día que volví a casa del colegio y les conté que un chico mayor me había llamado "orejotas". Por lo visto mi respuesta al muchacho fue una patada en la espinilla aunque en realidad no lo recuerdo del todo pero mi madre lo cuenta siempre que tiene la ocasión, así que el relato ya forma parte de mi memoria. Sigo teniendo las orejas de soplillo y todavía no me he muerto.

En cambio últimamente me da por pensar en el tamaño de mi polla. La tengo normal tirando a grande, estoy a gusto con mi pene. Sin embargo hay un trasfondo en mi subconsciente al que le gustaría un tamaño mayor. Creo que es el porno mezclado con la idea de masculinidad. "Las mujeres deben tener tetas grandes y los hombres pitos largos y gordos". A mi en realidad no me molan las tetas demasiado grandes, pero noto hablando con amigas de pechos preciosos, que de alguna manera no se sienten a gusto con ellos. Pues me pasa algo parecido y no sé exactamente por qué. Puede que el porno haya construido una idea errónea en mi cabeza de lo que las cosas deben ser y lo que son en realidad. Uno normaliza lo que ve y mitifica lo que no. Por eso es más normal una polla enorme que un pito pequeño. Por eso una teta descomunal es más común en el deseo que un pecho tabla. Sale más veces en la pantalla por lo que lo acabamos asumiendo.

Tenemos muchos moldes en la cabeza, no solo sobre pollas y tetas, también sobre lo que es bello y lo que no, a qué edad se debe casar uno, qué es ser un ciudadano respetable. La mayoría son mentira o por lo menos no más ciertas que el resto de posibilidades. ¿quién fue el imbécil que decidió que el rosa es de chica?

Hoy he tenido un momento incómodo mientras hablaba con una señora en el autobús. Me ha preguntado por una parada y le he comentado que yo me bajaba en esa misma así que no se preocupase que la avisaba. A partir de ahí hemos empezado a charlar. Todo iba bien hasta que me ha preguntado que a qué me dedico. He optado por decirle que soy fotógrafo. Ésto ha despertado su interés y ha querido profundizar más así que le he hablado sobre la nueva exposición que estoy preparando.

Llevo varias semanas centrándome en las colillas del suelo. Tiradas, pisoteadas, descapulladas, retorcidas... Cada una me cuenta una historia distinta. Risas nocturnas de camino al club, reflexiones solitarias de un padre después de colgar el teléfono, besos sabor nicotina de jóvenes cachondos haciendo malabares para aguantarse las ganas hasta llegar a casa... Su cara ha sido todo un poema.

Quizás le tendría que haber dicho que si quería sabía donde conseguirle M de calidad. O podría haberle mentido diciendo que en realidad vendía televisores. ¿Pero acaso la utilidad no es también subjetiva? Si vendiese televisores quizás me hubiese mirado de otra manera pero no sé tampoco si estaría cumpliendo mejor mi labor social como ciudadano.

Todo depende de quién sea el que juzgue y cuándo y dónde lo haga. Por eso en la guerra está permitido matar, Robin Hood roba y le aplauden y los bancos tienen pisos vacíos que siguen expropiando porque les ampara la ley.

Mi madre dice que a ver cuando maduro, que de los ideales no se come, y tiene razón. Por eso vendo droga en mi piso del centro.

7

Me estalla la cabeza. Hacía tiempo que no me metía tanta tralla por la noche. De hecho hacía semanas que no me drogaba y se me había olvidado por qué. De qué sirve pasarlo de miedo si a las 48 horas te encuentras que te quieres morir. Quizás me esté haciendo viejo. En cualquier caso el contexto condiciona. Si por la tele echasen solo programas de divulgación, seríamos todos científicos, pero no es el caso. Empezaron a pintar rayas y me empapé de blanco.

En realidad estuvo bien, toda esa electricidad recorriéndome el cerebro... Podría estar horas hablando sobre nada y seguir manteniendo la atención mientras no paro de servirme copas. Todo es interesante y todo se comenta. Estuvimos unas cuantas amigas en casa de Dani, sobre los sofás y la alfombra, con la luz cálida y tenue de las lámparas de pie, envueltos en música, humo y risas. Cualquier excusa es buena y cada vez hablábamos más alto y reíamos más fuerte. Las anécdotas, chistes y performances siempre son bienvenidas. Las miradas y coqueteos de un lado al otro de la mesa dibujan secretos inconscientes a voces, tensiones resueltas y por resolver.

Cuando llegó la hora nos pusimos en marcha, dirección al K, uno de esos clubs donde en la entrada te ponen una pegatina en la cámara del móvil para preservar la intimidad de los asistentes durante cada fiesta. El código de comportamiento es simple: "Respeta y serás respetado." Aquí no existe lo normal ni lo anormal. Tampoco la homofobia ni los comportamientos sexistas. La gente no ejerce la violencia, se contenta con ser ella misma. Se trata de un pequeño reducto de libertad en el que la gente se exprese sin preocuparse por los convencionalismos sociales; Foucault[1] se sentiría en su salsa. La música es rítmica y potente, las luces te flashean en la oscuridad como pinceladas brillantes y alargadas en cuadros del Greco . Todos se mueven al son en un rito tribal, casi primitivo alrededor del fuego. Huele a sudor, cerveza, popper, perfume y tabaco. El ambiente es denso y hace calor. La gente se ríe, está desinhibida, muchos van drogados, en un estado casi espiritual. Si te apetece bailar, bailas. Si prefieres char-

---

[1]   Paul-Michel Foucault fue un filósofo, historiador, sociólogo y psicólogo francés.

lar hay habitaciones con sofás donde la música está de fondo. La gente folla en cuartos oscuros donde no se ve nada pero se oye de todo. El código de vestimenta es inexistente, la gente va como quiere: en chándal, traje, cuero, travestida, sin ropa... los roles no siempre están definidos.

A la segunda pastilla estaba que volaba, mis pies no tocaban el suelo, flotaba por toda la estancia. Escuchaba las luces y tocaba el sonido que me abrazaba. De repente chispazo, conexión, baile sensorial, telequinesis. No hemos hablado nunca pero nos conocemos de toda la vida. Nos deseamos con ganas, nos amamos con locura y acercamos más los rostros mientras su mirada me sonríe y nuestros cuerpos se susurran. Puede que un minuto o quizás toda la eternidad...

Acabamos en su piso, un ático lleno de luz; ya era de día. No salí con ganas de conocer a nadie esa noche pero estas cosas a veces pasan. África es una mujer atractiva, con las palas ligeramente separadas lo que a priori no es estético pero que en su caso le aporta todavía más encanto a sus rasgos. Nos lo hicimos en la ducha y luego en la cama, encima y debajo, de rodillas y de pie. No queríamos dormir, como si tuviéramos miedo de despertar del sueño y caer en una pesadilla, seguimos esnifando y charlamos hasta que decidí que ya era hora de marcharme. Nos dimos un beso de cine aunque quizás desde fuera, esos dos sacos insomnes eran menos atractivos de lo que se sentían. Me pidió el teléfono pero no se lo di. Me conozco esta situación y al final siempre acabo haciendo algo para cagarla, prefiero quedarme con un precioso recuerdo que con una dolorosa realidad.

Al llegar a casa comí algo, lo que la tripa me dejó y me fui a la cama tras apurar un último cigarrillo. El problema es que soy incapaz de dormir más de dos horas seguidas.

La velada ha estado muy bien, es cierto, pero ahora son las dos de la mañana de la noche siguiente y todo ha pasado. No puedo evitar sentirme solo y triste.

8

Cuando viene gente a casa les recibo en el salón y les invito a sentarse, como si fuera la sala de espera del dentista o del psicólogo. Saco la tana y peso el gramaje que me piden mientras le damos al palique. Escucho historias de todo tipo. La gente no se corta un pelo cuando viene a pillar. No hay tapujos y menos todavía según se acerca el fin de semana. Pero de entre todas las anécdotas, las que más me gustan son las de NK.

Él no compra, él me vende. Lleva toda la vida haciéndolo. Empezó vendiendo chinas en el mismo instituto al que iba yo, para fumar gratis. Se marchó de casa con dieciséis y se tuvo que buscar la vida. Luego comenzó a mover cantidades más grandes, primero placas, después kilos y más tarde cajas. Invierte dinero en perico y MDMA pero sobretodo en hachís y marihuana. En nuestro país la ley es más laxa con estas sustancias y la multa si te pillan con kilo y medio de porros no varía mucho a si te pillan con tres gramos.

NK no quiere nunca que digan su nombre bajo ninguna circunstancia. Utiliza teléfonos android de primera generación, de los que nadie más se compraría, y les capa el GPS y el altavoz para que no le escuche la policía (ni los de amazon). Solo se comunica por mensaje de texto de Telegram, nada de WhatsApp de cifrado barato. Las tarjetas SIM que emplea las cambia cada dos meses y llevan siempre el DNI y la identidad de otra persona ya que desde la oleada de atentados yihadistas de hace una década, los números de teléfono van asociados siempre a un nombre.

Normalmente tiene a uno o dos chicos trabajando para él, moviéndose por toda la región, pero conmigo es él mismo el que se acerca en la mayoría de ocasiones. Nos conocemos desde hace mucho ya.

Su principal clientela son jóvenes de bloque metidos en el menudeo de barrio pero también lo son colegios mayores, clubs de fumadores e inversores privados, y aunque gana mucha pasta empieza a estar un poco harto de tanto movimiento y trajín. Su idea es montarse un chalet y llenarlo de focos y macetas. El riesgo es mínimo y las ganancias considerables, solo hay que tener cuidado con el olor y la factura de la luz. Para lo primero necesitas un mínimo de distancia con el vecino. Para lo segundo, alguien que sepa de electricidad y pueda pinchar la línea directamente al tendido eléctrico. Nada de chapuzas, la mayoría de plantaciones que desmantelan los cuerpos de seguridad del estado las interceptan por este detalle. El MDMA se lo envían en botellas por paquetería. No sé exactamente cuál es el proceso pero al recibirlas separa el contenido líquido en dos partes, una es el cristal que luego solidifica.

No solo le compro a NK, conozco más distribuidores para que nadie se me suba a la chepa con los precios y tener siempre margen para negociar, pero desde luego él es el más constante y fiable. Alguna vez me ha tocado moverme hasta algún polígono de mala muerte a las afueras de la ciudad para hacer tratos con el contacto de algún contacto. No suelo hacer este tipo de cosas pero por necesidad el perro baila. Y si no suelo hacerlo es porque nunca sabes que te vas a encontrar y a veces la vida te da sorpresas y se pasa mal y te sudan las manos como si un crío llorase y te late el corazón violentamente y a trompicones, como si fuera un carro cargado intentando avanzar pero al que se le atascan las ruedas. Por eso paso de líos y prefiero que NK o uno de sus chicos me lo acerquen hasta casa.

Esta vez vino él mismo. Ha traído lo mío y además me ha pedido un favor. Más bien un encargo porque me ha dicho que me pagará. Tengo que guardar un paquete. Tiene el tamaño de una caja de zapatos y está totalmente precintado. No me ha nombrado lo que lleva dentro y yo tampoco he preguntado. De estas cosas mejor cuanto menos sepas.

9

Todos somos yonquis de algo. Una de mis mejores amigas necesita adrenalina y grita como una gorila en celo cada domingo en el estadio de su equipo de fútbol favorito. Mi padre lleva toda la vida trabajando a niveles enfermizos porque si no siente que se queda atascado y no avanza. También los hay que juegan a la play o compran bolsos o leen libros o cualquier otra cosa. En mi caso busco continuamente capturar recuerdos en forma de fotografías.

Lo que más me gusta de hacerlo es contar mentiras que nadie se atreve a dudar. Le digo al espectador qué ver y cómo verlo. Pongo a un hombre peludo en medias, le pinto los labios y lo pongo entre mujeres en posición follatore. En realidad yo sé que José, el que sale en la foto, viste de sport cisgénero y le gustan las pollas más que a un tonto un lápiz, pero al que vea la foto jamás se le pasará por la cabeza. No sé si Picasso a veces se sentía también un poco mentiroso.

Por eso me gusta tanto fotografiar y recopilar carretes, me digo qué recordar. Soy capaz de cerrar lo suficiente el encuadre para quedarme solamente con lo bueno de ese instante. He pasado temporadas de mi vida sin hacerlo pero es entonces cuando los pensamientos no paran de inundarme con ese comentario inapropiado que dije o esa tontería que cometí. Por eso siempre vuelvo, para señalarme a mí mismo qué retener en la memoria.

No siempre es fácil. A veces tengo que disparar muchas fotos hasta que me abstraigo y olvido, como un flashazo en la cara que no me deja ver más que la instantánea que tengo delante. Cuando la he cagado cojo la cámara y me paseo por la ciudad. Pero no siempre funciona.

Blanca se marchó a currar a Alemania hace tres años y no me despedí de ella porque no estaba de acuerdo con que se fuera, como si eso fuera decisión mía. Quizás algo sí, porque llevábamos un tiempo saliendo y todo fue muy rápido, y me lo dijo apenas una semana antes de irse, y me hubiera gustado al menos pensar que valoraba mi opinión, aunque luego hiciese lo que quisiera, que para algo es su vida. Pero ni siquiera me dejó decirle que me pondría triste que se fuera, solo pude decirle que me ponía triste que se fuera. Ese pequeño matiz fue el que me enfadó, y por eso no la acompañé al aeropuerto, como un chiquillo enrabietado. Para rematar el día anterior discutimos y esa fue la última vez que hablamos, dejando todo por los aires. Fuimos los dos muy críos. Por aquel entonces ahorraba, por si un día nos daba por tener hijos, pero después del percance me lo gasté todo en droga y mala vida. No le echo nada en cara, somos libres de tomar nuestras propias decisiones y ella eligió, y yo también.

Ayer un colega me dijo que se casa y aunque no tenga sentido y aunque nuestra relación lleva muerta desde hace ya muchos carretes, la noticia me sentó como una patada en el estómago.

Mi loquero dice que como no tuve el tiempo suficiente para procesar la información cuando sucedió todo entonces, mi cerebro hizo un paréntesis y por eso sigue sin haberlo asimilado todavía. Debe de ser normal. Lo que no sé si es tan normal es que con cada foto que tomaba tratando de olvidar, veía paquetes de arroz por los aires, flores cayendo al suelo y carritos de bebé.

El mazazo final llegó cuando me dio por recordar las fotografías de aquel precioso verano y sentí la necesidad imperante de buscarla en internet. La encontré y no estaba sola. Lucían en diferentes lugares, urbanos y naturales, los dos juntos. Parecían muy felices.

Por la tarde inauguraba exposición y, después de estar torturándome el resto del día con pasados que nunca llegaron a suceder, me pasé por la galería con cara de mierda. Por lo menos hacía juego con mi trabajo expuesto: bizarrismo y vivencias, todo muy en mi línea, con una gran parte dedicada a decenas de colillas pisoteadas y ahora colgadas de las paredes.

La galería parecía una metáfora de mi vida personal (paralela a mi vida en las redes): una sala llena de gente a la que no pude explicarle que en realidad me encontraba destrozado. En cualquier caso me esforcé por que me viesen sonriendo.

Un par de gafapastas estuvieron apunto de llevarse unos marcos grandes pero se arrepintieron en el último momento. Pensarían que con ese mismo dinero se podían comprar unos calcetines con estampados molones y unas zapatillas a juego. En cambio con una pareja de sexagenarios pasó justo lo contrario.

Iban vestidos de una forma un tanto estirada, con vestido de gala y traje de sastre. No es que no fueran elegantes pero desentonaban un poco con el ambiente general. Cómo acabaron allí para mí es un misterio.

Cuando el hombre preguntó por el precio se lo cifré y pude notar en sus mirada que algo por dentro le incomodaba. Parecía incluso que lo que sentía era un poquillo de vergüenza. Por eso casi se echan atrás pero la mujer persistió y al final cerramos el trato e insistieron en pagar el doble. La gente adinerada mira el arte de otra forma. No solo es algo estético y placentero. También ven números y billetes detrás de cada obra. Muchas veces se trata de inversiones con las que a la larga ganan dinero. Para mí en cambio es una necesidad vital aunque eso no quita que quizás deba replantearme subir mis precios.

Por lo demás unos cuantos colegas pillaron algo para colgar en sus casas pero sobre lo de Blanca no les conté nada, no me apetecía. Al final casi hasta se me olvidó, quizás porque ver mi trabajo expuesto en los muros de la sala me sube el ego de manera irracional.

Cuando se me acercan y me preguntan sobre la exposición y el proceso creativo y me escuchan como si fuera Jesucristo en el altar, me pongo cachondo y durante ese breve espacio parezco más de lo que realmente soy, aunque en realidad no sea más que un impostor que falsea la realidad en forma de arte. El mismo impostor que no supo despedirse en su momento de la mujer a la que amaba. Lo bueno es que en esos momentos la mierda se me olvida y por eso me gusta tanto la fotografía. Todos somos yonquis de algo.

10

Hoy hablé con mi padre por teléfono. Está preocupado, lo he notado desde que he cogido la llamada porque cuando se agobia le falta el aire y tiene que mantener la concentración para respirar, por lo que las frases salen de su boca con mucha más lentitud de la normal para cualquier persona.

Su jefe vende el taller en el que lleva trabajando desde hace más de quince años, todo sin previo aviso, y todavía no sabe si podrá mantener el puesto a pesar del cambio de propietario o si tendrá que buscar uno nuevo.

Me gustaría haberle podido decir que no se preocupara que todo va a salir bien con el traspaso y que en el peor de los casos seguro que consigue algo mejor en poco tiempo. Pero la comunicación con él para las cosas importantes suele ser unidireccional, en forma de aviso, como si mi opinión nunca aportase nada, como en una jerarquía en la cual ocupo el lugar más bajo.

Una vez le vi llorando cuando, despues de la muerte de su padre, se entero de que llevaba tiempo desheredado. Es cierto que en los últimos años la relación entre ambos estaba más que fría porque a mis abuelos nunca les gustó mamá. En cualquier caso, debe ser duro sentir que los únicos lazos que te unían al hombre que te trajo al mundo se habían roto hacía ya mucho tiempo. Cuando le vi pensé que era buena idea mostrarle que lo que le había pasado con su padre no le pasaría conmigo. Por eso me acerqué y le abracé. Pero me equivocaba. Me miró como si le estuviera robando la dignidad con los ojos, como si el resto de gente no llorase, como si fuera malo, como si que yo le dijera que le quería le diese igual, porque nuestra relación es jerárquica y lo que a mí se me pase por la cabeza no le importa. Así que me mandó a la mierda y yo obedecí, me fui de casa a dar una vuelta y cuando nos volvimos a ver hicimos como si nada de lo nombrado hubiera ocurrido.

A mí me gusta llorar, lo hago con frecuencia. Cada vez que veo una película o leo un libro que me toca, me emociono y me caen lágrimas como gotas gordas de lluvia y no me avergüenzo. A veces me sucede también con reportajes ñoños de la tele y noticias emotivas de relleno, no lo puedo evitar. En cambio cuando es algo personal soy incapaz de soltarlo, como si mi cuerpo se guardase toda la tristeza hacia dentro, como si la quisiera regar con las lágrimas que se queda en el interior.

Me pasa también con las palabras. Puedo estar horas hablando sobre tonterías pero cuando el tema es importante la garganta se me cierra y no se vuelve abrir hasta que no llego a la ducha, donde siempre me encuentran las frases que buscaba y no me salían, o que tenía pensadas y no me atreví a decir.

Después de escuchar su monólogo, mi padre ha colgado y quizás sea triste no haberle podido decir nada sobre su jefe, ni sobre su padre, ni nada acerca de nosotros y lo mucho que significa para mí, y todo lo que guardo durante años sobre los dos; pero por muy triste que sea no puedo llorar.

Yo no soy padre, y si lo fuese no sé cómo me comportaría con mis hijos. Siempre me imagino haciéndolo bien pero del dicho al hecho hay un trecho. Lo bueno de no tener hijos es que no te pueden echar nada en cara.

Nunca aprendimos a comunicarnos. De hecho ya hace tiempo que lo dejamos de intentar.

11

En la casa de Eva siempre hay muchas macetas llenas de flores y plantas de todos los tamaños, como en una habitación selvática. Los pequeños espejos repartidos por la pared y el sofá naranja casan a la perfección con el verde de las hojas. En realidad toda la estancia hace juego con su ser, exuberante, llena de vida, color y reflejos. Ella siempre está riendo y me lo acaba pegando, y cuando no, me mira como si de un misterio me tratase y se vuelve a reír. Creo que en parte por eso le gusto, porque cuando no puedes ver a través de los muros cualquier cosa es posible, y ella solo me mira con buenos ojos.

Follamos mucho, nuestra relación de amistad se basa en el sexo y la creatividad. Le hago sesiones de fotos disfrazada de iguana entre sus plantas, nos colamos en obras y la fotografío portando casco de obrero y mono de trabajo abierto hasta el pubis, e incluso una vez posó en el altar de una iglesia, vestida de monja, ante mi objetivo y los ojos de Dios. Todo esto nos pone muy cachondos. Otras veces no hay cámaras de por medio, simplemente actuamos, ya sea en un restaurante como si ella fuera mi abogada, o en un súper haciendo parecer que no nos conocemos. También nos imaginamos cosas raras, como si fuera un doctor que le va a blanquear el ano, luego lo interpretamos como maestros, y sólo después nos reímos y follamos como locos. Cada interacción es única.

No es tanto un fetiche de disfraces o roles, lo que nos gusta es sentirnos creativos, aventureros explorando caminos nuevos, como si pudiéramos elegir cualquiera de las vidas que nos inventamos y hacerla real, y convertirnos en otra ella y otro yo, agarrádonos al arnés de seguridad ante las decisiones importantes de la vida, alejándonos de las elecciones obligadas; porque vivir es elegir y escoger es olvidar parte de nosotros para dar paso a una sola de nuestros infinitas posibilidades, y eso da mucho vértigo.

Iba a casarse con su novio cuando descubrió que le era infiel. Tuvo que avisar a los invitados y cancelar la boda. Lloró mucho porque no se lo esperaba y esas son las cosas que más duelen, las inesperadas, como los golpes en los dedos de los pies. Desde entonces no ha vuelto a tener ninguna relación seria o por lo menos ninguna monógama. Su planteamiento es que si no se compromete unidireccionalmente con nadie, nadie puede volver a hacerle daño de ese modo. No estoy seguro del todo de eso.

Empezó entonces a llenar la casa de plantas, para ocultar el vacío que quedó en el piso cuando su antigua vida se marchó con las últimas cosas que quedaban de su exprometido. Empezó con dos o tres macetas pero pronto vinieron más, unas compradas y otras que plantaba ella, separando esquejes de las que ya tenía. Para ello se corta una pequeña parte de otra planta y se coloca en algodón húmedo hasta que echa raíz y cuando está lista se traspasa a la tierra, donde sigue creciendo. El precio que se paga en este proceso es que, en la planta original, si no se escoge bien dónde se hace el corte queda una marca para siempre, como en los árboles de la ciudad a los que les podan las ramas dejando grandes protuberancias deformes en el tronco. Las personas somos como los árboles, crecemos y renovamos contínuamente las hojas pero cuando perdemos una rama conservamos los muñones. Las nuevas ramas hacen que te olvides de las viejas heridas, pero eso no quiere decir que desaparezcan.

Después de varios meses desde que empezamos a vernos, comenzó a regalarme macetas con flores pequeñas y amarillas, pero lo dejó de hacer porque se me morían todas. Creo que es algún tipo de prueba que nunca llegué a superar.

Lleva un par de semanas un poco apática, se lo noto. Por muy bien que se lo pase conmigo y con otros, Eva no deja de repetir que le gustaría ser madre, y no concibe otra posibilidad que la idea tradicional de criar a sus hijos acompañada de un hombre, y por eso, aunque no lo ejerza, nunca ha dejado de pensar en el compromiso. Quizás yo no sea la única contradicción con patas de esta ciudad.

Por eso me extraña que lo siga intentando conmigo, quizás porque las únicas mentiras que nos tenemos son compartidas; lo opuesto a lo que perdió, y quizás de eso se trate la vida: de opuestos. Pero sé que la sinceridad no es suficiente.

Últimamente me saca mucho el tema de que me busque trabajo. Le contesto que ya tengo uno que me da dinero de sobra, que no necesito buscarme ningún otro, pero a ella esa respuesta no le sirve. Dice que lo que necesito es un trabajo de verdad, que igual así asentaba la cabeza y aprendía por fin a cuidar de las plantas. Luego le vacilo un poco preguntando que de qué habla, que soy capaz de cuidar de cualquier planta y hacer que luzca frondosa. Entonces pone mala cara pero hago alguna tontería hasta que se ríe y entonces le abrazo fuerte y ella me besa. Se le acaba pasando y terminamos haciendo el amor.

Ayer en concreto me pidió que me quedase a dormir

pero había quedado en el New Tempo y además me había comprometido a llevar un par de gramos de M. "Trabajo" le dije. Y volvió a empezar con la misma cantinela de siempre pero, al llegar a la parte del ciclo en el que hablamos de las plantas justo antes de follar, me cogió del brazo, me levantó de la cama y me echó del piso.

De repente me encontraba desnudo y desubicado sobre el felpudo de su casa, llamando al timbre. Cuando volvió a abrir me arrojó la ropa y me entregó una maceta en la mano. Esta vez se trataba de un cactus y dijo que como se me muera ya me puedo ir olvidando de ella.

Hoy me sentía mal y la he estado llamando para arreglarlo pero no me coge el teléfono. Eva es estupenda, no sé por qué me cuesta tanto pensar en compromiso. Creo que después de lo de Blanca me da miedo volver a terminar de la misma manera. Solo, triste y con la idea en la cabeza de unos preciosos hijos que ya nunca tendremos.

12

A Javi lo conocí de faranduleo por la noche. Acababa de llegar a la capital para cambiar de aires, le aburría la vida en su antigua ciudad y buscaba algo diferente que le despertara de nuevo las ganas de vivir. Congeniamos desde el primer momento, los dos somos un poco metidos pa' dentro, y con un sentido del ser de las cosas muy personal. Cuando le comenté que se quedaba libre la otra habitación del piso donde yo vivía, no se lo pensó dos veces. Vivimos juntos desde entonces.

Se dedica al diseño de páginas web y trabaja desde casa. Cuando yo ando liado me echa una mano con el negocio, recibiendo a la gente en el piso, y se lleva un porcentaje por cada venta que administra. Además es limpio y ordenado, y con el tiempo hemos llegado a encontrar un equilibrio entre sus manías y las mías dentro de la casa.

El primer año que alquilé mi habitación, me tocó compartir piso con una chica americana de intercambio que amontonaba los platos sucios en la pila y no los lavaba hasta el fin de semana. Su excusa para ser una cerda era que no había friegaplatos, y dejaba apestando toda la cocina, que emanaba un hedor a podrido el cual se extendía hacia el resto de la casa. Ninguno de mis intentos por animarla a limpiar de a pocos surtió efecto, y tras meses acabé obviando la mierda sin enfadarme, en pro de un heroíco intento zen por mi parte.

Por eso cuando Javi me ha comentado que igual se marcha en un par de meses a un pisito más barato y para él solo en las afueras, he sentido un pequeño escalofrío. Dice que está cansado de la marabunta del centro, del olor a meada por las calles y los ruidos de gente borracha por la noche, por no hablar del tráfico constante durante el día. En el fondo lo entiendo. Yo también me iría si mi fuente de ingresos no estuviese tan ligada a la accesibilidad geográfica.

Me he planteado la posibilidad de buscarme otra casa para mí solo por la misma zona, pero he desistido rápido porque los alquileres están por las nubes, y para pagarlos tendría que aumentar el tamaño del negocio, cosa que no pienso hacer. En la época de mis padres con un sueldo y medio la gente formaba una familia y se compraba una casa. Hoy en día en esta ciudad con dos salarios no se puede prácticamente ni alquilar. La incorporación de la mujer al trabajo ha significado un montón de cosas buenas pero la mejora del poder adquisitivo de las familias no ha sido una de ellas.

De momento tengo tiempo de sobra para encontrar nuevo compañero, antes de que Javi se marche y el casero se vea obligado a meter a otra persona para cobrar la mensualidad de la habitación que se queda vacía; pero tampoco puedo hacer el tonto perdiendo el tiempo. Con quién vivir es un tema importante, más todavía cuando entra en juego la ley.

13

El grifo del baño se ha estropeado y no para de
gotear. Lo oigo por las noches desde hace días mientras intento dormir. Me recuerda el paso del tiempo
"gloc... gloc". Debería llamar a un fontanero. A Javi
no le molesta porque su habitación está más alejada.
¿Si un árbol cae en el medio del bosque y nadie lo
escucha, emite sonido?

Quizás me vea un video en youtube e intente arreglarlo yo. Lo de vaciar la fosa séptica fue fácil. Un poquito asqueroso, eso sí. A veces se me olvida (de hecho, casi nunca pienso en ello) la cantidad de mierda
que se genera cada día en cada casa, pero si te paras
a pensar es un tema que impresiona. Y no solo hablo
de los montones de mierda literal que succionan las
tuberías a cada instante como máquinas insaciables
de chupar sacadas de un libro de Bukowski. También

están los envases plásticos, los cartones de paquetes de amazon y los restos y desperdicios de comida. En el piso solemos llenar media bolsa, o incluso una o más al día. No tengo la más remota idea de qué se hace con todos esos desperdicios.

En mi bloque hay 2 portales con 7 plantas y 5 letras en cada piso, lo que da lugar a 70 viviendas con unas 245 bolsas semanales, redondeando muy a la baja. Eso al final del mes son 1050 bolsas, solo en nuestro número de la calle, que no es demasiado grande; pero alberga otros cuarenta números más, entre pares e impares, en apenas doscientos metros. Luego están el resto de calles de la ciudad que son casi infinitas, tanto que los taxistas se pierden y te tangan la pasta. Ponerte al lado del montón de basura que genera una ciudad entera debe de dar un poco de miedo. No hace falta mirar a las estrellas para sentirse insignificante. Además, en las ciudades es difícil ver las estrellas.

Dicen que el destino de una lata o una bolsa es acabar en grandes islas de plástico del tamaño de Francia, formadas en el interior de los océanos entre cruces de corrientes. Los plásticos existen y las mareas los empujan. Los plásticos y las personas no somos tan distintos. Quizás el punto que más nos separa es la esperanza de vida. Una botella suele tardar entre cien y mil años en descomponerse, lo que significa que el refresco que me tomé en la fiesta de mi doce cumpleaños, seguirá en este planeta mucho después de que yo haya dejado de cumplir. Muchísimo después de que el grifo de mi baño deje de sonar.

14

Hoy he vuelto a ver a NK, me ha traído lo mío y ha recogido su paquete por lo que la merca esta vez me ha salido más barata.

Dice que no sabe nada de fontanería, que la última vez que alguien le pidió ayuda con una cisterna se cargó la válvula e inundó todo el baño. Pasó de intentar ayudar a terminar pidiendo disculpas. Desde entonces se limita al hachís y otros estupefacientes y aplica como estilo de vida aquello de "zapatero a sus zapatos y portero a su portería".

Yo me siento un poco más valiente por ahora, quizás porque el grifo es mío y si lo rompo no me tendré que disculpar con nadie. He visto un par de videos y parece asequible. Me va a tocar comprar unas gomas y alguna herramienta. Sería un buen pretexto para hacer una sesión de fotos con Eva, pero por el momento no me quiere ni ver. Su cactus es aburrido y no necesita muchos cuidados, aun así me recuerda que algo no estoy haciendo bien. Está menos brillante que el primer día que llegó al piso y no sé por qué.

Lo he colocado en una mesilla junto a la ventana, donde le llega abundante luz, así que eso no puede ser. Que yo sepa tampoco necesita ser podado y de agua no se puede quejar porque lo riego casi todos los días. Aun así el cactus está ligeramente amarillo y un poco pocho, como si se le hubiera ido el color. Creo que no se me dan muy bien las plantas.

He llamado a Laura que no es tan divertida pero está igual de buena y nos hemos saltado la parte de las fotos para pasar directamente a la cama. Después, con el cigarrillo, me ha estado hablando sobre su doctorado en poesía e historia y ha soltado un montón de nombres de autores y fechas, hasta tal punto que me empezaba a doler la cabeza, así que he empezado a comerle el coño, a ver si así se callaba. Ha funcionado. Es una chica muy inteligente y es encantadora pero sus gustos y los míos no van de la mano. Prefiero mil veces más la fotografía y las fantasías con Eva. Hacen que me sienta menos solo.

Laura es una persona interesante pero a veces parece como si no habláramos el mismo idioma. Quizás debería leer más.

Lo mismo ha debido de pensar ella porque me ha regalado un libro. O a lo mejor es solo que le gusta como le cómo el coño. He dejado el libro con el resto de revistas y tebeos al lado del váter, que es donde mejor me concentro. Soy capaz de quedarme veinte minutos sobre la taza hasta que se me duermen las piernas. Creo que este hábito me delata como burgués, a pesar de no pertenecer ni mucho menos a una clase adinerada. La tecnología avanza cada vez más y sin embargo los sueldos están cada vez más bajos. ¿A dónde irá toda esa plusvalía? En cualquier caso, no puedo ir de pobrecito porque tengo calefacción central y otros muchos lujos que hasta hace poco eran impensables.

Una vez escuché que a un bisabuelo mío le tocó hacer la mili en otro pueblo, y que cuando llegó al nuevo destino le llevaron hasta la casa donde dormiría durante el servicio. La familia que vivía allí le enseñó la estancia, y le explicó que lo que usaban como baño era el corral, y que no se olvidase de llevar el palo que había apoyado sobre la puerta. No lo entendió hasta la mañana siguiente cuando fue a hacer de vientre y todas las gallinas le rodearon intentando picotearle el trasero. Pensarlo me resulta gracioso. Me imagino a mi bisabuelo acuclillado con un palo en la mano alejando gallinas y yo ahora tengo un cesto con libros al lado de la loza. Quizás esto sea el progreso a pesar de la precariedad laboral y la burbuja inmobiliaria.

El grifo del baño sigue goteando.

15

En el número siete de la calle Espíritu Santo hay un pequeño cartel que reza "María Cuellar, pitonisa y tarotista". Yo no creo en estas cosas pero mi amiga Marta sí, así que como buen colega la he acompañado.

Cuando hemos llamado al timbre nos ha recibido un señor un poco raro, muy joven y muy viejo al mismo tiempo. Me recordaba al camarero ruso sexagenario de un after que frecuento, siempre con un pitillo pegado en la boca. Éste no sé si fumaba, llevaba guantes blancos y vestía un traje peculiar, entre mayordomo, hippie y medieval. Nos ha invitado a sentarnos en una pequeña salita de espera con luz tenue y olor a incienso.

Marta estaba nerviosa, no dejaba de morderse las uñas, cosa que no la había visto hacer nunca, ella es una diva. No habría sabido muy bien cómo tranquilizarla, así que he decidido dejarla sola con sus viajes mentales. Si necesitaba algo de mí tenía boquita y sabía cómo utilizarla. Me he dedicado a hacer tiempo, ojeando las revistas sobre la mesilla pequeña al lado de mi asiento. Por lo visto a los espíritus lo que les va son los cotilleos y los coches. Al rato han sonado unos cascabeles por toda la estancia y el tipo raro aquel nos ha invitado a pasar a la siguiente habitación a través de un pasillo con escaleras.

En esta estancia no podría haber leído, la única luz que había la desprendían velas repartidas por la mesa donde una mujer aparentemente normal nos aguardaba. Ha sido un poco bajón porque me la esperaba vestida de morado, con turbante en la cabeza, y ésta vestía que podría haber sido mi madre. Por lo menos los pendientes y el collar eran grandes.

El "mayordomo" le ha señalado a Marta un asiento junto a la mesa y a mí otro a dos metros, pegado a la pared. La mujer se ha presentado y nos ha dado la bienvenida. Tenía una voz dulce y se concentraba en Marta como si la atravesase con la mirada y le estuviera viendo el alma.

Marta mide metro noventa y tiene polla, se cambió el nombre hace cinco años. Está preocupada porque piensa que le echaron un mal de ojo familiar porque perdió el amuleto que le dio su abuela antes de morir. Desde entonces tiene problemas de impotencia y además su pequeña marca de ropa de diseño está pasando por una mala racha.

La tarotista le ha echado las cartas y la conclusión ha sido tranquilizadora: su abuela no está resentida y la sigue queriendo. En cuanto solucione lo de la tienda volverá a funcionar lo de la entrepierna y aunque no va a ser fácil saldrá de ésta. Es exactamente lo que le había dicho yo de gratis pero en vez de té anti mal de ojo después de dar el veredicto, lo que bebimos fue ginebra. Quizás por eso a mi no me hizo caso.

Cuando nos marchábamos la pitonisa me ha pedido por favor que me acercase que veía algo en mi aura. Yo la he advertido con mucha educación de que no me encontraba muy abierto a que me leyesen el alma en ese momento. No le ha debido de gustar mucho porque no ha hecho ni caso, me ha cogido la mano y me ha dicho que soy como un niño que llora. Como un niño que espera a otro niño. Que me ahogo en mi propio llanto y que no soy lo único que se ahoga en mi vida.

Sé que llevaba mala cara porque ayer me lié hasta las tantas pero creo que exageraba. Quizás no debí acompañar a Marta de resaca. En cualquier caso no creo en estas cosas y lo que me ha dicho la mujer me parece una exageración y me ha importado bien poco.

Después, el mayordomo nos ha acompañado hasta un mostrador por otra puerta donde Marta ha pagado. La he visto tan aliviada después de la experiencia que ni le he preguntado cuánto le han sablado. Estaba feliz y motivada y para mí eso era suficiente. A veces la fe es más importante que la razón. Me jode no creer en estas cosas. Si por lo menos así tuviera más razón...

16

Me obsesionan las palomas y esa forma que tienen de afrontar la vida como autómatas.

Hace unos días tomé unas fotos de como se peleaban por los trozos de pan que una obesa empapada de sudor, debido al calor, les tiraba en el parque para que comieran. Parecían el gigante y los rebaños. No quiero preguntar quién era el Don Quijote...

Retraté la escena de la forma más grotesca que pude. Planos cerrados que muestran confrontación y ojos inyectados en sangre mientras las aves se desplumaban entre sí por los pedazos más grandes, como si un contrato laboral les estuviera obligando a ello.

Hoy he ido a revelar el carrete y para ello he echado mano de los sobres en los que guardo mis ingresos. Soy una persona que no vive muy pendiente del dinero pero, a pesar de mi desapego, mirarlo es algo adictivo por lo que aunque solo tenía que coger un billete he optado por contarlos todos.

Los guardo ordenados por valor, así para contar es más sencillo: "uno, dos, tres, cuatro, cinco, 100; uno, dos, tres, cuatro, cinco, 200; un, dos, 300; uno, dos, 400...". Podría pasarme horas haciéndolo pero la verdad es que he terminado pronto. A veces me lío y tengo que volver a empezar aunque con el tiempo he depurado la técnica y hago montoncitos de 500 para no confundirme cuando estoy distraído. La cantidad exacta importa poco, es más el hecho de ver crecer el montón, la primavera de la frondosidad. De vez en cuando acepto bizum. No lo suelo hacer porque así la transacción ilegal queda registrada, pero es que además ver el dinero en una pantalla me hace menos ilusión.

Cuando llega el final de mes y hay que pagar el alquiler, compro carretes o en cualquier momento en el que me lío por la noche, el montoncito baja. No ambiciono demasiado, pero he de admitir que me pone un poco triste ver que el sobre se vacía. Y vuelta a empezar de nuevo, el juego eterno del tira y afloja.

Cuando estaba en la tienda de revelado me han escrito al móvil para ver si "estaba en casa". Ese es el modus operandi común para comprobar si estoy disponible.

Me habla muchísima gente al móvil. Amigos, amigos de amigos, conocidos... Al principio los guardaba en la agenda por el apellido pero resultó ser poco práctico, porque a veces me escribían personas a las que no tenía muy localizadas y no sabía para qué, por lo que hace tiempo ya que los guardo de otro modo más diferenciado, con palabras clave que me ayudan a hacerme una idea desde el primer momento de quiénes son. Tengo el teléfono lleno de personas que se apellidan "M", "Verde" o "Amigo De". Antes me preocupaba más la discreción, pero terminé por acostumbrarme, como los pavos que engordan felices y tranquilos, hasta el día de antes de acción de gracias. ¿Porque siempre hasta ahora haya salido el sol significa que también mañana vaya a salir?

El caso es que no me acordaba exactamente de quién era pero le tenía guardado en la agenda con un inequívoco "Paco M". Hemos quedado una hora más tarde, en mi casa, como casi siempre. No hemos necesitado decir nada más, el resto de detalles siempre se hablan en persona. No hace falta dejar nada por escrito.

Cuando ha sonado el timbre he ido a la puerta y he mirado por la mirilla. No me sonaban de nada las caras de las dos personas al otro lado. Tenían incluso un poco pinta de agente de incógnito pero veo a muchos clientes distintos a lo largo del día y es normal que no me acuerde de todo el mundo así que he abierto igual. Estoy acostumbrado. Además los tenía registrados en la agenda por lo que no había fallo.

Lo demás ha sido todo normal. Han cogido un par de gramos y se han marchado. Parece que el pavo todavía no está lo suficientemente cebado. Ojalá, toco madera, nunca lo esté, y si sucede será algo inesperado, como cuando me dejo las llaves dentro de casa y tengo que esperar durante horas a que vuelva Javi. Preocuparse demasiado es una tontería.

En el peor de los casos las cárceles de Europa no están tan mal, violaciones aparte. Mejor incluso que muchos barrios de ciertas ciudades, además no tendría que pagar alquiler ni manutención. También me podría escapar antes de que se haya celebrado el juicio y el juez dicte sentencia. Lo peor en ambos casos sería de cara a la familia. Un verdadero fracaso para ellos. Aunque sinceramente no creo que eso llegue a ocurrir nunca. Es muy complicado controlar a cada individuo y los medios del estado no son infinitos, por lo que solo se centran en gente "grande" y no en vendedores mileuristas. Eso no significa que no te la comas si te pillan. Por eso intento ser cuidadoso. Mantengo todo a escala reducida sin hacer mucho ruido. Chico precavido vale doble y yo siempre guardo un condón en la cartera.

Quizás debería darle un par de vueltas a mi futuro, no sé si me mantendré toda la vida así. De momento lo voy a dejar estar. El móvil está sonando de nuevo.

17

He llamado a Eva. Le he dicho que quería verla pero ella me ha preguntado directamente por el trabajo y luego por el cactus. Yo me he venido abajo y le he contado la verdad, que todo sigue como siempre y que no sé por qué pero que el cactus se está muriendo por más que lo cuide. No le ha gustado. Quizás tendría que haber mentido. Si quedásemos en su casa, ella no tendría por qué haber llegado a ver ni el tarro con hachís ni a la planta y su preocupante amarillo actual.

En el fondo quise creer que el enfado se le pasaría con el tiempo pero debe de llegar un momento en el que el tiempo solo distancia. Luego ha dicho que estaba cuidando de su sobrino y que tenía que colgar, que mejor la deje en paz por un tiempo. La brevedad del asunto me ha dolido más por inútil que por cualquier otra cosa. No sé qué sentido tiene pero pienso más en ella ahora que no nos vemos que cuando quedábamos casi todas las semanas.

Luego he intentado distraerme mirando un par de instagrams de fotógrafos que me gustan cuando he empezado a divagar y de repente me encontraba saltando entre las fotos del perfil de Blanca. Ya está casada. Se la veía preciosa vestida de blanco y le miraba a él con la misma sonrisa que me solía dedicar a mí. Para rematar resulta que esperan un hijo. Se me ha terminado de partir el pecho por completo.

De pronto me he visto viejo, triste y solo.

18

Al despertarme me latía el corazón a mil por hora:

Seguía viendo a las palomas
comiendo a montones
del suelo.

Estaba solo e intentaba
alejarme
pero el pavimento se hundía
cuando lo hacía,
por lo que terminaba desistiendo
y comenzaba a caminar
entre ellas.

Me miraban altivas,
parecían realizar
todas su función.

Yo era el único elemento
no concordante en la sala,
vagabundeando sin rumbo.

Y de repente las palomas hablaban
y me preguntaban
con tono inquisidor
que qué hacía yo allí.

No sabía muy bien qué responder,
yo solo estaba paseando.

De pronto lo escuchaba,
alto y claro.

Se trataba de un llanto de bebé
que se me metía
por todos los poros del cuerpo.

Quería abrazarlo, cogerlo y consolarlo,
era casi una necesidad
estrecharlo contra mi pecho,
pero las palomas
eran cada vez
más numerosas
y me impedían el paso,
mientras empezaban a devorar
al crío
y a sacarle los ojos con sus picos.

Por mucho que me afanara en rescatarlo,
la agitación de las aves iba en aumento
y me arañaban la cara
con sus garras
para alejarme cada vez más
del chiquillo,
hasta que yo terminaba
cayendo al suelo
de rodillas,
con la cara ensangrentada
y lleno de heridas.

Entonces el niño ya no lloraba más
porque estaba muerto.
No lo veía pero lo sabía.
Y lo que sucedía ahora
era que el que lloraba
era yo,
porque yo era el niño,
tirado en el suelo acurrucado
en posición fetal.

De repente se oía
un estruendo
y todas las palomas levantaban el vuelo
a la vez
dejando ver a su paso
un edificio que se derrumbaba entre el sonido
punzante de las sirenas de la policía.

Era mi piso que se venía abajo
estrepitosamente
y chocaba contra el asfalto,
envuelto en ráfagas de luces azules.
De entre el polvo y los escombros
aparecía mi padre con gesto serio
y me ordenaba que me levantase.
Yo le hacía caso y me levantaba,
pero ya de pie
no podía parar de llorar.

De entre unos trapos sacaba
un crucifijo
y me lo entregaba.
Entonces al mirarlo me daba cuenta
de que el cristo clavado en la cruz
lloraba también;
en silencio
porque era mi madre, y rojo,
porque era sangre.
Intentaba secarle las lágrimas
pero me quemaba,
porque la sangre se convertía en lava
que ardía y me abrasaba.
Nada de lo que estaba viendo me gustaba
y sin embargo
algo había en todo aquello
que no era suficiente
para que me quisiera dejar morir.

Al instante
todo se volvía oscuro
y oía gemidos:
gritos de dolor y placer.
Estaba entre las luces
de la pista de baile de un club
pero no había música,
solo flashazos y gestos intermitentes
con muecas horribles
que me miraban
sin que pudiera saber muy bien
si se reían de mí
o gritaban pidiendo auxilio.
Pero no eran reales,
solo fotografías colgadas
por las paredes de un piso
que no reconocía.
Entonces me metía
un tiro por la nariz,
y de repente tenía tetas
y estaba desnuda,
y un tío que se parecía a mí
pero que no tenía ni ojos ni nariz
me follaba,
y me dolía porque lo hacía fuerte,
pero me gustaba porque
me hacía sentir querida.
Luego se marchaba y me quedaba sola
y empapada de sudor.

Y sonaba la alarma que marcaba
el paso del tiempo,
gota a gota sin detenerse,
como el grifo de mi baño.

Me volvía y entonces
veía el cactus
y me daba cuenta de

que estaba

descom

poni

énd

os

e.

Intentaba
decirle
que aguantara un poco más.
Con besos,
porque yo quería
a ese cactus
aunque no lo supe
cuidar.

Entonces se me clavaban
sus púas en los labios
y luego me atravesaban la carne
y todo el cuerpo,
y de repente estaba clavado
enteramente en él,
arrestado sin esposas.

Ya no tenía tetas
por más tiempo.
Ahora era pequeño
porque volvía a ser un bebé
que lloraba mientras
las palomas
revoloteaban a mi alrededor.
La única persona que estaba cerca
se alejaba
y cuando me oía llorar
volvía
pero ya era demasiado tarde,
porque las aves
me arrancaban
el hígado y los ojos.

19

Cuando voy al loquero la sala de espera suele estar vacía y se escucha de fondo una minicadena que reproduce sonidos de la naturaleza como pajarillos cantando unas veces u olas rompiendo en otras ocasiones. Luego se abre la puerta de la consulta y alguien sale: cuarentones con tripa, mujeres altas, adolescentes con granos... Algunos de ellos van directamente al baño para borrar de sus rostros todo rastro que la charla con Blas haya podido dibujar. Otros simplemente se dirigen a la puerta. No todos saludan al verme eximidos por el contexto que la consulta del psicólogo dibuja, de cumplir con los convencionalismos sociales, como si éste fuera un universo paralelo en el que es mejor quedarse en el anonimato.

Una vez dentro, me siento en un sofá bastante cómodo, situado bajo la reproducción (supongo) de uno de los cuadros de Juan Gris. Siempre hay agua y pañuelos, aunque rara vez empleo alguna de las dos cosas. Después empiezo a hablar, aunque no siempre sepa por dónde empezar. Hablo y me vacío por dentro, como si el pecho se me desinflase. Poco a poco. A cada palabra. Con cada pensamiento que ya no me guardo para mí. Es anestesiante, aunque con el tiempo las visitas al psicólogo, como todo, se normalizan y dejan de ser tan efectivas, como si fuera una droga a la que te acabas por acostumbrar, y necesitases aumentar su dosis.

Cuento casi todo. Casi todo lo que sé expresar. Muchas veces son cosas que a nadie más le contaría por lo que puedan pensar, aunque el resto también guarde mierda en su interior. Soy de la creencia de que hay límites en la confianza que es mejor no traspasar.

Cuando me siento atascado, Blas me pregunta algo en concreto o me hace un comentario. Me ayuda a ver las cosas de un modo distinto al que las veo normalmente, aunque no siempre lo consigue.

Tiene una voz tranquilizadora y grave, utiliza unas camisas de manga corta muy bonitas y siempre está asintiendo como si realmente comprendiera lo que siento en cada momento. Aunque no pueda, porque él no está en mi cabeza. Es un buen tío, supongo, y si algo le descoloca, finge, y lo hace muy bien porque nunca noto cuando está fingiendo. Aunque sé con seguridad que lo hace. Si no le contaría a todo el mundo estas cosas que solo le cuento a él, pero no es el caso.

A él no le escandalizan mis pensamientos. No sé entonces por qué a mí me ponen de esta manera. Como con un nudo que me une el estómago con la parte alta de la espalda o un escalofrío que no se quiere marchar.

Me gustaría poder borrar todas esas ideas que me asaltan cuando estoy mal que quizás para otros no tienen sentido ni importancia pero que mi cuerpo asimila de una forma tan obvia como la gravedad, que nos atrapa contra el suelo a cada paso.

Puede que sea cosa mía, que estoy roto por dentro y a veces funciono mal y lo veo todo distinto a como es. Igual que aquella vez que se me cayó una lente de cincuenta al suelo y ya no fotografiaba normal, sino que parecía que me había convertido en un insecto. Como en una araña que lo veía todo a cachitos pequeños. Montones de cachitos minúsculos.

Blas dice que eso no puede ser. Que yo funciono perfectamente solo que necesito unos cuantos cambios en mi vida. Un poco de movimiento. Probar nuevos caminos para no acabar siempre en el mismo sitio. Parece que él confía más en mí que yo mismo. Caer en la rutina de no esperar nada de mí ni de nadie es demasiado fácil...

Quizás tenga razón. Debería alejarme de los vicios y buscarme otro trabajo. Es posible que así me sienta mejor. Eva volvería a dirigirme la palabra y puede que nunca la tenga que llegar a ver en su Facebook embarazada y casada con otro.

Al salir de la consulta me he dado un paseo y he terminado haciendo cola en una cafetería en la que preparan café para llevar. Desde la cristalera se veía el parque infantil que había justo afuera. No he podido evitar fijarme en una niña con jersey rojo. Jugaba a colgarse de una estructura metálica con barras para pasar de un extremo a otro cuando de repente se ha detenido a punto de soltarse. Su madre la animaba. Se la veía moviendo los brazos solidarizando con la niña. Al final ha conseguido cruzar hasta el final justo cuando el de atrás me ha tocado en el hombro y me ha sacado mi ensimismamiento. "Espabila que es tu turno". Era el primero de la cola y no me había dado cuenta.

20

Huevos, leche, verduras... pero sobre todo pancake, galletas y en general cualquier tipo de bollería industrial. A Dolores y a mí nos encantan esas pequeñas delicias cancerígenas, por eso cada semana cuando le hago la compra y leo lo que ha apuntado en la lista, lleno el carro de cantidades ingentes de azúcar, la droga del estado que hace la vida del ciudadano medio más llevadera, y la de los niños más llena de estímulos, en combo múltiple con las pantallas retroiluminadas de los dispositivos móviles y televisores.

Luego hemos tomado café, como siempre, y me he comido dos paquetes de Pantera Rosa. No sé cómo consiguen esa textura y ese color, y tampoco estoy seguro de querer saberlo.

Durante la tertulia Dolores me ha contado cuando

una vez llegó a pensar que se había quedado embarazada porque se sentía hinchada y no paró de vomitar en una semana. Al poco tiempo, recibió una postal de una hermana suya que estaba de vacaciones en el mediterráneo. En la imagen se podía ver un pueblito pesquero a orillas del agua, y ella lo interpretó como una señal divina. Pensó que lo que saldría de aquella tripa hinchada sería una niña y entonces, cuando diera a luz, le pondría el nombre de Mar e iría de peregrinaje a la costa, en modo de agradecimiento a no sé qué poder.

Eso nunca llegó a ocurrir y más de cincuenta años después, Dolores no ha pisado nunca una playa ni ha visto jamás el inabarcable azul perdiéndose en el infinito. La historia me ha conmovido. Me encantaría acompañarla algún día a que conozca el mar.

A continuación ha llegado mi turno. Le he contado lo de Blanca y su futuro niño y luego hemos hablado de Eva, mi trabajo y su cactus. Ha dejado caer que podría buscar la ayuda de un profesional, osea de un florista. Él debería saber lo que le sucede a la planta pocha. Tiene sentido. A veces se me olvida que puedo pedir ayuda.

21

No recordaba lo aburrido que es actualizar el CV. Describirse como candidato perfecto en un folio. Enumerar mi experiencia laboral de años en líneas. Menos mal que he tenido pocos meses cotizados en los últimos años y no tenía mucho que añadir. Por supuesto que he hablado de mi destreza en el trato de cara al público, mantenimiento de stocks y capacidades de compraventa, pero he obviado la palabra droga y me he inventado el nombre de la empresa. Sobre la fotografía solo he hablado de pasada, como hobby. El resto han sido experiencias laborales anteriores, excels y sandeces. Menos mal que el inglés al menos se me da bien.

Luego me he dedicado a ojear durante horas todas las ofertas de empleo en las distintas webs que existen. Para todos los trabajos interesantes solicitan al menos 5 años de experiencia. Los demás me disgustaban en su totalidad por igual, así que he aplicado a todos.

Al final de la tarde necesitaba despejarme. No podía dejar de pensar en Eva y su cactus, el cual se pone cada día más amarillo. He decidido llevarlo a la floristería antes de que cerrasen o se muriese.

Al entrar con la maceta en la mano, me ha asaltado al instante un fuerte olor empalagoso. El edén anterior al pecado original debía poseer esa fragancia y yo estoy poniendo todos los medios de mi parte para que Eva me vuelva a abrir las puertas.

El señor que me ha atendido llevaba delantal y bigote a lo Freddie Mercury. Me ha explicado que lo que le pasa a mi cactus es que lo riego demasiado y se está ahogando. Por eso está amarillo. Me ha indicado que lo debería trasplantar a una maceta más grande, y cambiarle el sustrato para que drene mejor. A veces se puede llegar a matar por exceso de cariño, cada planta tiene sus necesidades, como las personas.

Dicho y hecho. He escuchado atentamente las indicaciones del hombre y me he provisto de una pistola pulverizadora, una bolsa de tierra fertilizada y una maceta más grande para que el cactus respire. También he pensado que voy a echar en falta regarlo con frecuencia por lo que he comprado un geranio que necesita más agua, para no perder la costumbre, y que además huele a limón. No es un gintonic pero tampoco está mal.

Ya que estaba le he preguntado al señor que si buscaban a alguien que les ayudase en la tienda pero me ha dejado caer educadamente que mejor me aleje de sus plantas.

Al llegar a casa me he puesto manos a la obra. Con sumo cuidado he removido la tierra de la maceta original del cactus. Por el estado de éste, me sentía como un cirujano realizando una operación a vida o muerte. Ha sido todo un éxito. El paciente sobrevive, ahora en una habitación mucho más amplia y menos húmeda, condiciones propicias para que su estado mejore en pocos días. Todos deseamos una pronta recuperación.

22

Llevaba días viendo un anuncio sobre muebles de interior y preciosas estanterías con frondosas plantas pero mi ridícula autoestima viril no estaba dispuesta a prestarle la atención que en realidad quería bajo esa dura y fea cáscara de macho. Luego mientras stalkeaba el instagram de un desconocido me ha saltado la publicidad de un hombre utilizando un súper taladro de no sé qué marca y le veía tan viril que pensé que si me pareciese un poco a él conseguiría volver a llamar la atención de Eva. Lo veía ridículamente claro.

Un tablón de dos metros por uno, martillo, sierra, destornillador, escuadras... un par de horas viendo videos de bricolaje, otro par de horas intentando montar todo aquello y finalmente todo a la basura. Esa estantería no la habrían expuesto ni en el MOMA.

He terminado optando por una solución intermedia entre MacGyver y pisar una tienda de interiorismo. Me he metido en wallapop, he chequeado un poco y a la hora ya tenía en frente al hombre al que le estaba racaneando 2 de los 22 euros que ponía en el anuncio por la estantería. El regateo es un divertido juego que en occidente se ha perdido, y esta ocasión era mi oportunidad para redimirme. El tío que me lo ha vendido se mudaba de casa y cambiaba los muebles. Tenía pinta de que le interesaba más que me llevase el trasto que el dinero en sí, así que ha aceptado y todos contentos.

Conclusión. Ahora que el cactus no tiene cara de irse a morir en cualquier momento se ve realmente bien junto al geranio en la estantería de madera. Sabía perfectamente que esta imagen pondría cachonda a Eva y aunque me ha costado, al final he conseguido convencerla para que venga mañana a verme.

Luego me he sentado en la taza mientras ojeaba un tebeo y me he dado cuenta de que el grifo del baño sigue goteando pero estaba tan contento que me ha dado igual.

23

La espera ha merecido la pena. La estantería es sólida y ha aguantado las embestidas. Hemos terminado en la cama por precaución y respeto a nuestra integridad física, ante el riesgo inminente de precipitación de macetas. Está bien ser salvaje pero no hace falta serlo siempre.

Al terminar me he sentido feliz, al contrario que otras veces cuando me corro con terceras mujeres, que se me escapa la energía y acabo pensando en la manera de escabullirme; como si el coito en otras ocasiones se limitase a una simple masturbación en la que utilizo como herramienta el cuerpo de otra persona en vez de la mano.

Cada mirada que le dedicaba a Eva me obligaba a entornar un poco los ojos: la encuentro resplandeciente. Este par de meses sin vernos le han sentado de maravilla. Está claro que no se iba a parar a esperar por nadie y yo ya estaba tardando mucho. Me he reído como hacía tiempo que no lo hacía pero he de admitir que ella estaba más callada que de costumbre. Ni siquiera ha comentado nada sobre la entrevista que tengo mañana para un puesto como teleoperador a venta fría. Creía que escucharme decir que estaba buscando trabajo le alegraría. Puede que no haya dicho nada porque estuviera impresionada por lo lustrosos que se ven el geranio y el cactus sobre la estantería nueva, si es que se puede impresionar a un chef con un huevo frito, o a la reina de la selva con una sola liana.

No se ha quedado a dormir. Me hubiese gustado pero tenía cosas que hacer. No le he preguntado qué cosas. Tampoco le he dicho que durante estos meses he pensado mucho en ella.

24

La entrevista fue de maravilla así que llamé a Marta y otros colegas para celebrarlo y, casualidades de la vida, en el mismo día van y me ofrecen dos trabajos.

Fue dentro de la Boite, en la puerta de los lavabos de la discoteca. Jaime curra en un club de tiro y me comentó que buscan gente con urgencia y que me podía enchufar seguro. Luego me invitó a entrar en el cubículo con él pero me limité a decir que le veía más tarde en la pista de baile. Si hay algo que voy a echar de menos de meterme son las visitas al baño acompañado. Cerrar la puerta y sentir que nadie más existe al otro lado, una especie de camaradería difícil de explicar. Da igual que sea tu colega de siempre o un recién conocido nocturno: el amor fraternal durante el rito del turulo es mágico, estelar, solo al alcance de musicales de Hollywood, donde las luces brillan y todos se conocen. Protagonistas en escena, involucrándose como si les fuese la vida en ello. En esos momentos no hay nada más importante. Hay algo romántico en todo ésto.

Lo mejor es que en el club de tiro se cobra bien por convenios de peligrosidad. Su colmillo de oro, si bien es una forma un poco hortera de hacerlo, lo corrobora. La única pega que me ha dicho es que hay que lidiar con un par de adefesios octogenarios un poco fascistas. "Algunos de ellos no son capaces siquiera de verse la polla al mear, pero pagan el reconocimiento médico para que hagan la vista gorda y puedan seguir disparando mientras hablan de putas con sus amigotes". Creo que exageraba.

Las armas en general me dan pereza, pero llevo disparando a civiles por la calle desde hace tantos años en videojuegos, que aunque sea solo de forma virtual no me encuentro en posición de juzgar a nadie.

Ayer presenté mi petición formal y todavía no me han llamado pero lo más seguro es que empiece el lunes de la semana que viene. El trabajo parece sencillo, a grandes rasgos consiste en cambiar dianas, limpiar casquillos y reponer municiones.

Quizás me cueste un poco volver a la rutina laboral después de tanto tiempo, pero al fin y al cabo el hombre siempre se termina por acostumbrar a todo.

Hasta a lo malo. Como las cuarentenas, la privación de derechos por parte del estado tras un ataque terrorista o la bajada de salarios después de cada crisis, que con el tiempo se han vuelto cada vez más frecuentes. No me puedo quejar, hay monos que hacen malabares por tres pesetas, y en el club de tiro pagan bien. Además salir de mi zona de confort me vendrá bien.

Es irónico que mi primera mirada fuera del mundo drogas se pose en el planeta armas. Moralmente no sé si es mejor o peor. En cualquier caso es legal.

25

Me ha vuelto a pasar. He vuelto de nuevo a terminar en el facebook de Blanca. Juro que en un inicio no quería pero esos condenados algoritmos me conocen mejor que yo mismo.

Me la he encontrado con una tripa enorme de embarazada, vestida con ropa cómoda de sport en uno de esos cursos preparatorios. Le acompañaba su ya oficialmente marido que estaba súper atractivo con su alianza nueva, ayudando a levantar los brazos de su esposa en un ejercicio de respiración.

Me he imaginado por un instante a mí mismo en su lugar: casado y esperando a un retoño, y de repente he sentido dudas.

Los niños son preciosos pero están mal diseñados.

Se te pueden morir de hambre, sueño, enfermedad, enchufes, asfixia... por cualquier cosa. Luego he razonado mejor y se me ha pasado un poco el canguelo. Al final todas las personas que conozco fueron bebés en algún momento y salieron adelante sin excepción. Quizás unos cuantos crecemos un poco tocados de la cabeza. Pero es que nadie viene con manual de instrucciones. Ni los padres ni los hijos.

Luego me ha dado por pensar en Eva y en la forma que tiene de explicarme algo cuando no lo entiendo y del tono tan bonito que utiliza cuando cuida de su sobrino pequeño. Es atractiva, inteligente y dulce. No del dulce que empalaga entre vómitos de gominola y arcoiris. Más bien del que te hace sentir reconfortado, porque te sientes importante para la otra persona. En este punto las dudas que tenía sobre la paternidad se me han disipado. Empiezo a darme cuenta de que ando un poco enchochado.

Luego he despertado de mi embobamiento y he vuelto a mirar a la pantalla. Blanca seguía ahí y era real, no como mis pensamientos sobre presentes paralelos. Me ha dado por recordar lo bonitos que fueron los años que compartimos.

He sentido la necesidad de enviarle un mensaje para contarle que unos amigos en común me habían puesto al tanto de todo y quería decirle que me alegraba por su unión y el niño en camino, que sentía como terminamos en su momento y que le deseaba lo mejor.

He utilizado casi media hora en encontrar las palabras adecuadas para escribir apenas la primera frase, pero justo cuando el mensaje estaba ya terminado me he sentido ridículo hablándole después de tres años sin mediar palabra y lo he borrado sin que haya llegado nunca a salir de mi bandeja.

Por la tarde después de recibir a unos cuantos clientes en casa, a los que todavía no les he comunicado que ando pensando en dejar el negocio, he subido a ver a Dolores. Estaba viendo misa en la tele.

Me he sentado a su lado esperando a que acabase el rito cuando de repente me he teletransportado a la infancia.

Me he visto de nuevo en el colegio, entre los curas, rezando por la mañana, dándole gracias a Dios por permitirme disfrutar de otro nuevo día entre los vivos. Cada miércoles tocaba misa en la capilla y repetíamos aquello de "por mi culpa, por mi culpa, por mi gran culpa".

Esa idea de Dios todo poderoso, estricto y vengativo da un poco de miedo pero por aquel entonces no lo veía de esa manera y consideraba que si le obedecía jamás me pasaría nada, porque yo siempre estaría de su lado y él del mío.

Aprender entre curas fue sinónimo del más estricto comportamiento. Al final su palabra era la de Dios y la seguíamos a rajatabla, aunque a veces no podíamos evitar ser un poco cabrones y atarle los cordones a la silla al compañero o acribillarle con canutos de papel.

Cuando nos pillaban, los castigos iban desde sostener la biblia con la nariz contra la pared hasta los reglazos. Éstos solían ser los favoritos de los curas porque eran muy jodidos pero no dejaban marca ya que los reglazos nos los daban en las yemas de los dedos, que apenas se hinchaban pero dolían como demonios.

Nosotros no contábamos nada de ésto en casa. Éramos pequeños y teníamos miedo. Pero una vez cuando tenía nueve años, justo antes de que sonara la sirena del final de las clases, el padre Aurelio se pasó mucho conmigo y me pegó tales reglazos que se me puso la mano como un tomate y luego fui incapaz de escribir en dos días.

Yo no pude aguantarme y se lo conté a mi madre entre sollozos a la salida del colegio. Me cogió de la mano y volvimos dentro de la escuela. Al entrar le dedicó unas palabras y desde entonces ese cura no me volvió a tocar. Con el tiempo y las quejas de otras madres, se dejaron de llevar los castigos físicos y se cambiaron por otros métodos más laxos y menos físicos, relacionados con horas extra de estudio y limpieza del edificio a la salida de las clases.

Quitando algunos momentos puntuales mi madre y yo nunca tuvimos muy buena relación. Por lo general cuando no se encontraba llorando encerrada en el cuarto solíamos chocar y llegué a pensar que de algún modo me odiaba, sobre todo desde la adolescencia, cuando ya tuve edad para ir al instituto, ya sin curas, y comencé a darme cuenta de que muchas de las normas de mi madre, como las de la iglesia, eran absurdas, y empecé a desobedecerlas y a escaparme de casa.

Lo hacía porque a veces su forma de ser me dolía, cuando me gritaba o me cogía de los pelos porque las cosas no salían como ella quería, como si jugase a ser Dios y controlarlo todo. Con el tiempo no me pudieron seguir obligando a asistir a misa y perdí la poca fe que me quedaba. También dejé de chocar de forma frontal contra ella y sus normas. Lo que sí conservo son los recuerdos y ahora me vuelven a la cabeza las imágenes de aquella leona, advirtiendo al cura de que no volviese a tocar a su cachorro o se las vería con ella y el resto de madres, y entonces sé que aunque a su modo y por mucho daño mutuo que nos hayamos hecho, ella siempre me ha querido, como una Diosa vengativa con la que conviene estar del mismo lado, porque entonces nunca te abandonará.

Yo hoy estoy aquí gracias a ella.

En el metro uno se encuentra gente de todo tipo. Durante los años de la carrera estudié las teorías de la escuela de Palo Alto. No solo es lo que se dice, sino lo que se cuenta sin palabras. Nuestra vestimenta y posturas nos delatan, aunque con frecuencia se nos olvide. A veces me da por realizar robados de gente peculiar que entra en los vagones. No les conozco de nada pero me imagino sus historias, de dónde vienen y a dónde van, y lo enmarco todo entre los cuatro bordes de la imaginación y del encuadre. ¿Qué pensarán los demás de mí cuando me miran? No creo que se imaginen que vendo droga, tampoco que tengo una carrera de éxito, pero hoy llamaba la atención porque llevaba flores.

He llamado a Eva para contarle lo del club de tiro. Finalmente empiezo el lunes. Ella me ha pedido que la vaya a ver a su casa. Hacía mucho que no me lo proponía. Lo de las flores es algo cursi y antiguo, lo sé, pero siempre me gustó la idea, y hoy las circunstancias lo merecían. En las películas siempre queda muy vistoso y suele funcionar.

Así que allí me encontraba yo, idiota, en el vagón, portando un ramo con sonrisa bobalicona, como si sostuviera entre las manos la espada del amor.

Al bajar en la parada y subir a la superficie he caminado con paso decidido hasta la puerta del edificio de Eva para decirle que estoy enamorado, que he encontrado trabajo y que estoy preparado para entregarme a ella y con el tiempo quién sabe si incluso formar una familia. El brillo de mis ojos diría el resto.

Al llamar al telefonillo me ha pedido un momento, que enseguida bajaba. Me ha hecho dudar por un instante, pero una de las cosas que más me gusta de Eva es su capacidad para sorprenderme, y vaya si lo ha hecho. Aunque no soy el único que se ha llevado una sorpresa esta tarde.

Estaba guapísima con su vestido azul y blanco de primavera. Su cara al verme con las flores en la mano ha sido un poema. El rubor le ha subido de inmediato a los mofletes tanto que sus ojos no eran capaces de encontrarme y me esquivaban como quien huye de la policía.

Eso me ha desconcertado un poco, porque ella por lo general es muy resuelta, y esta vez se comportaba que parecía una chiquilla. Pero la verdadera sorpresa no era esa. Le ha costado decidirse a abrir la boca: que "no me debería haber molestado en traer flores" y yo que ni notaba por donde me soplaba el aire me reconfirmaba y le hablaba de un nosotros que por lo visto solo yo era capaz de vislumbrar.

Nunca he sido muy bueno leyendo entre líneas, y valiente de mí, se lo he soltado todo, de golpe. Por fin me he abierto, deshermetizando mi ser y desnudándolo por completo. Ella no decía nada y yo seguía soltándolo todo, hasta que me ha dado por hablar de su sobrina y lo mucho que me gusta como se desenvuelve cuidando de ella. Entonces, de repente algo le ha hecho clic y no he podido ni terminar la frase que tenía en la boca.

He sido sepultado bajo un espontáneo aluvión de ira, solo semejante a la de algunos fenómenos naturales como las erupciones volcánicas y tsunamis provocadas por el roce de las placas tectónicas en capas profundas de la tierra.

Me ha dicho que soy idiota. Que había tenido muchas posibilidades de decirle todo aquello durante los dos años que llevábamos quedando pero se lo tenía que decir ahora. Que este último par de polvos no habían sido más que sexo y que después de todos estos meses sin hablarnos no tenían más motivo que la lástima por el cariño que una vez me tuvo.

Eva no me había llamado para follar y hablar de nuestro futuro sino para despedirse. En este tiempo ha conocido a un economista que trabaja en un banco. Está enamorada y lo van a intentar. Dice que quizás sea el hombre de su vida.

En ese momento me he desdoblado separándome del cuerpo, mirándonos a los dos, a Eva y a mí mismo, desde lo alto de la calle, con vistas privilegiadas a mi corazón rompiéndose en mil pedazos contra el trozo de acera de enfrente de su portal. Después ha cerrado la puerta y he comenzado a caminar, del mismo modo, observando en la distancia desde arriba. Viendo cómo al llegar al final de la calle me detenía y depositaba el ramo de flores en un cubo de basura público en el que se leía escrito con rotulador morado y mala caligrafía "biba el AMOR". Me he quedado ahí, quieto, durante un rato, no sé cuánto pero se sentía largo. Pueden haber sido lo mismo cinco minutos que cincuenta. A veces el tiempo es así de caprichoso y se dilata como las pupilas con la droga.

El pitido de un claxon me ha sacado de mi ensimismamiento y derrotado, con la mente todavía en las nubes, he emprendido el camino de regreso a casa. Ya sin espada ni armadura. No sé qué han pensado de mí el resto de ocupantes del vagón de metro, apoyado contra la pared, escurriéndome entre mis propias ideas.

En el metro uno se encuentra gente de todo tipo.

27

Marta me ha convencido para que salga de casa. Hemos ido a dar una vuelta. Luego ha sonado mi móvil pero no se trataba de ningún cliente. Era Laura. Aún sigo muy afectado por lo de Eva y no me apetecía quedar con ella pero Marta me ha obligado. Dice que un clavo saca otro clavo. Yo empiezo a sentirme lleno de agujeros en el pecho.

Laura es muy buena en la cama pero está claro que el sexo no lo es todo. Sus historias y sus fechas nunca me habían aburrido tanto.

No podía parar de pensar en Eva.

He llegado al clímax mirando al cactus.

Dolores dice que nada es para siempre, y razón no

le falta. Tengo que asumir que Eva no va a volver.

Quizás sería un buen momento para huír de esta ciudad a cualquier otro lado pero luego me he dado cuenta de que eso no arreglaría nada. Sería volver a empezar de nuevo con la maleta Lena de mierda y a mí ni siquiera me gusta viajar.

28

Hoy era mi segundo día en el club de tiro y desde luego, ha sido el mejor de los dos.

Al llegar me he dirigido a la taquilla y he cogido mi peto y gafas de seguridad. Luego me he paseado cruzando el almacén construido con hormigón y lleno de estanterías y rejas de metal abarrotadas de munición y armas. Una vez en las galerías he preparado todas las dianas tal y como me explicaba un compañero: triple agarre vertical y hebilla lisa hacia abajo. Para cuando llegaron los primeros socios a la media hora ya estaba todo listo.

Lo de las orejeras al principio me parecía una gilipollez pero son totalmente necesarias. El sonido es atronador y constante. Cuando algún socio necesita que le cambie la diana simplemente pulsa un botón para que su cabina se ilumine y la pueda ver. Entonces voy, cruzo hasta el otro extremo y hago el cambio de una silueta llena de agujeros por otra nueva intacta. Durante este proceso está terminantemente prohibido disparar desde la cabina iluminada ya que el operario, en este caso yo, se expone a recibir un balazo en el trayecto.

Todo ha ido estupendamente hasta que han pasado dos horas y, como en una premonición, ha comenzado a sonar por la radio "The end" cantada por Jim Morrison y a continuación ha entrado por la puerta un grupo de individuos que mi compañero ha denominado como "El Escuadrón de la Muerte".

Se trataba de cinco tipos con metralletas automáticas al hombro que parecían salir de una película codirigida por Tarantino y Almodóvar. Los dos más jóvenes rondaban los 35 años mientras que los otros tres superaban los 60. Vestían jerseys Armani roji amarillos con águilas en el pecho y según han llegado han acribillado a balazos a sus respectivas dianas.

Entonces he empezado a sudar moviéndome de un extremo a otro de la galería recambiando las dianas que se llenaban de agujeros casi a la misma velocidad que las renovaba. Hacía tiempo que no corría tanto.

Parecía que verme en esta situación les divertía y han comenzado a gritarme para que me diera más prisa.

Uno de ellos se ha atrevido incluso a disparar con una pistola hacia la diana mientras yo me disponía a cambiarla por una nueva. Se me ha helado la sangre y aturullado he decidido que era hora de coger mi descanso.

Al volver a pasar a su lado le he colocado las municiones que me quedaban en los bolsillos y he apagado la luz de cambio. Estaba tan atolondrado por el susto que al darme la vuelta le he pisado sin querer. Me ha dicho algo pero con las orejeras de protección y el sobresalto que llevaba encima no he sido capaz de oír ni una palabra de lo que decía.

He cogido mi bocadillo en la taquilla y me lo he tomado en el comedor de empleados.

Al llegar había otras dos trabajadoras y les he comentado el percance. Me han dicho que por desgracia era habitual. Se trataba de "El Escuadron de la Muerte" y no se podía hacer gran cosa. Son de los socios VIP más comprometidos con el club y hacen grandes donaciones cada año. Tienen hasta sus propios vestuarios individuales y plazas de parking nominales al lado de la puerta.

Me han empezado a comentar batallitas. Por lo visto se trataba de tres hermanos y de sus dos hijos pertenecientes todos a una antigua familia con títulos nobiliarios. Hacía unos años estuvieron involucrados en un escándalo en el que un productor porno organizaba fiestas con niñas menores para ellos y otros tantos presentadores de televisión, empresarios y futbolistas. El único que acabó en la cárcel fue el productor, el resto se libró. Parece que la justicia no es igual para todos.

Luego he vuelto al trabajo y he seguido a lo mío cuando me han comunicado que requerían de mis servicios en los vestuarios del escuadrón de la muerte y me han deseado suerte.

Al llegar a los vestuarios de estética barroca, con muebles de madera que me recordaban a lo que en mi imaginación se asemeja a como debe de ser un antiguo club de fumadores, se estaban desvistiendo todos para meterse en las duchas y quitarse el olor a pólvora que se queda impregnado en la piel.

El tipo del percance con la pistola me ha enseñado su zapato Moschino blanco en la mano con una mancha negra que se correspondía a la huella de mis zapatos de seguridad. Me ha dicho que esos zapatos valían más de 2000 euros y que ya me podía dar prisa en limpiarlos porque cuando saliesen de las duchas quería verlos como nuevos. Luego me ha gritado que a que esperaba, que si me iba a poner a lloriquear como una niña tailandesa y me ha dado una palmadita en la cara. El resto se ha empezado a partir de la risa. Yo, bastante molesto por la palmadita, he tardado unos segundos en caer en la cuenta de a lo que se refería con lo de la niña. Luego ellos se han metido en las duchas.

Continúo todavía afectado por lo de Eva y atravieso últimamente una montaña rusa emocional. Por eso se me ha llegado a pasar por la cabeza el hacerme con una de las recortadas del almacén y pintar de rojo las paredes blancas del interior de las duchas. Cinco cuerpos desnudos, blanquecinos y llenos de pelo, manchados de granate, esparcidos como muñecos en posturas ridículas, sobre agua teñida corriendo hacia el sumidero.

En seguida he descartado la idea ya que a pesar de mi inestabilidad emocional en ese momento, desapruebo todo tipo de violencia.

No obstante sí que creo en la justicia poética y el hedor que desprenden algunas personas. Por eso me he dado prisa, como me habían pedido. Pero no para limpiar los zapatos.

He recogido todas sus pertenencias Armani, Moschino y Prada en el centro de la estancia, me he sacado la chorra y he rociado con júbilo y alevosía mis líquidos desperdicios dorados sobre las no menos doradas y suntuosas prendas.

El problema es que no me he quedado a gusto del todo y aunque no tenía ganas he terminado por bajarme los pantalones, he apretado con fuerza y les he servido un cucurucho de helado de chocolate bien calentito.

Podría haberme vaciado más por ellos pero me he quedado a medias cuando escuché que terminaban. Me he limpiado con la manga de uno de los jerseys y he salido echando leches del lugar hacia mi taquilla.

He dejado el chaleco, zapatos de seguridad y orejeras y he salido a la calle con la intención de no volver a pisar las estancias del club nunca más, por mucho que me quieran pagar.

Luego he llamado al jefe (ex) por teléfono y le he comentado que me sentía indispuesto, que seguramente era algo grave y no creía que pudiera volver a trabajar en el club de nuevo. Casi todo era cierto.

Marta siempre me tranquiliza en estos casos así que le he hecho una visita. He preferido obviar la historia por el momento.

Ella me ha hablado sobre el desfile que está organizando. Es el método revolucionario con el que va a hacer crecer su negocio.

Necesitará manos amigas. Las mías en concreto para que me encargue de la fotografía.

29

A Blas tampoco le he contado lo que pasó en el club de tiro, solo que lo he dejado. Me ha animado a continuar con los buenos hábitos y me ha dicho que por lo del trabajo no me preocupe, que siga buscando, que terminaré por encontrar algo que encaje conmigo.

Él sabe que me encanta la fotografía y por eso me ha recomendado visitar una exposición que comienza ahora en la ciudad en la que se realiza un recorrido por los fotógrafos más grandes del siglo XX.

También me ha dicho que rodearme de amigos me vendrá bien, por eso he avisado a Dani con el que solo suelo quedar para ir de fiesta, por si le apetecía acompañarme. Me ha dicho que las exposiciones le aburren pero que podíamos tomarnos algo a la salida.

Al llegar a la taquilla he pagado los 6 euros de la entrada a la mujer del mostrador que me ha dado el ticket con movimientos de autómata mientras mascaba aburrida su chicle.

Una vez dentro había varias salas y no sabía muy bien por cuál empezar así que he optado por pasear y fijarme un poco en las caras del resto de personas que asistían a la exposición.

Algunos fruncían el ceño concentrados, otros parecían en paz, también los había aburridos, tristes y divertidos. Una vez escuché que en el museo en realidad a lo que asistimos no es al encuentro de las obras, sino de nosotros mismos.

La mirada de un niño pequeño me ha desconcertado ya que no sabía leer en sus ojos la expresión que sentía y no he podido evitar posar los míos en la obra que él contemplaba.

Se trataba de una foto de Robert Capa, de la guerra. Decenas de hombres en fila cargados con sus pertenencias envueltos en polvo camino hacia quién sabe dónde.

Simpatizo con la idea principal de Robert Capa "si la foto no es buena es que te tienes que acercar más". La diferencia es que él retrataba combates y se la jugaba a cada disparo de obturador.

Me cuesta imaginar lo que es vivir una guerra. No como las modernas que libran los países occidentales en lugares lejanos, países con cultura diferente y ricos en materias primas. Me refiero más a batallas dentro de nuestras propias fronteras. Franceses disparando a quemarropa en Estados Unidos, portugueses alimentados a bacalao invadiendo Alemania... Por mucho que a los chavales de ahora nos guste el Call of Duty y disparar, no me imagino a la gente joven alistándose para atacar zonas del mundo a las que solían ir de vacaciones, en las que la ropa y el ocio se parecen al propio país de origen. Aunque lo que sí que me puedo imaginar es una invasión china. Miles de millones de soldados chinos en avalancha, dentro de las fronteras occidentales, vengándose por cada vez que nos reímos de su acento y olor peculiares.

A partir de ahí he continuado viendo el resto de la exposición hasta que he mirado mi reloj y me he dado cuenta de la hora que era. Eran las 5 de la tarde y me esperaba Dani a la salida.

Se me ha hecho raro verle de día. Nos conocimos en un after a las 9 de la mañana con los niveles de serotonina por las nubes y desde ese momento mágico no hemos roto lazos.

Lo más habitual es verle en su casa cuando monta pequeños guateques en los que nos ponemos piojos previamente a ir hacia cualquier club a bailar.

El tío tiene buena percha e incluso apoyado en el árbol en donde hacía tiempo hasta que yo saliera de la exposición, se le veía un tipo interesante sin necesidad de tener que oírle hablar.

Eso supongo que se debe a que lo ha mamado desde la cuna ya que su abuela y su madre se dedican al teatro y él pertenece a la tercera línea de una familia de artistas.

De joven participó en una serie de televisión juvenil de éxito y ganó mucha pasta pero nunca llegó a sentirse cómodo del todo como personaje público y a los pocos años ya se había dejado todo el dinero en excesos y colegas, con esa visión naif de que el dinero ganado de forma fácil hay que compartirlo. Como Lil Peep hasta que estiró la pata.

De aquellos años le quedan el amor por la droga y la fiesta, pero no la profesión. Se sigue sintiendo unido al mundo del espectáculo pero ahora donde se sitúa es detrás de los focos, como técnico de iluminación y sonido en uno de los teatros de la ciudad. Es casi poético, actuar le acabó provocando ansiedad y vómitos pero no se quiere alejar de lo que su familia es.

Pertenecemos a las ideas que aprendemos. Por eso él sigue aferrándose al mundillo de la farándula. Si no es de una forma, de otra. Por eso supongo que a mí me sigue costando dejar de pensar en Eva.

Nos hemos tomado unas cuantas cervezas, hemos pedido raciones de bravas y alitas de pollo y para cuando me he querido dar cuenta estábamos hablando de llamar al camello para coger medio de farlopa.

Me ha dado por pensar en Robert Capa. ¿Si él tenía los ovarios suficientes para acercarse más en cada foto, acaso no era yo lo suficientemente valiente para acercarme más a mis propósitos?

He terminado por declinar el plan de la farlopa y él, que me ha visto un poco apurado, lo ha entendido todo y se ha limitado a devorarse las uñas mientras me escuchaba. Le he hablado sobre Eva, el cactus, el club de tiro, el desfile de Marta...

No suelo contarle a mis colegas nada sobre las cosas que realmente me importan porque me hace sentir vulnerable, pero la verdad es que sienta bien. Incluso sin rayas de por medio.

<h1 style="text-align:center">30</h1>

Son muchas cosas las que hay que tener en cuenta. Me alegro de no estar en su lugar, me estallaría la cabeza. No solo diseña las prendas y las produce con el resto del equipo. También ha peinado la ciudad hasta encontrar una antigua fábrica abandonada que se acomoda a las necesidades del espectáculo para celebrar el desfile, espaciosa y céntrica, a orillas del río. Luego están los modelos para la selección de casting, maquilladores, escenografía, medios.... y aún le sobra tiempo para postear en instagram. De hecho, cada vez que hace algo lo postea en instagram. Si no es como si no hubiese ocurrido.

Yo echo una mano con la fotografía, estoy documentando todo. Hoy en día es importante el contenido, contenido y más contenido. Van dos semanas de preparativos y un par de días de montaje y ensayos en los que sigo todo bien de cerca. Ojos maquillados con purpurina, pruebas de luces, máquinas de coser en marcha… Siempre hay material nuevo para subir algo y si no lo hay se inventa, porque el contenido en sí no es lo importante, sino los likes, y sin material nuevo el contador de likes se detiene.

Mañana por fin es el desfile y ya está casi todo listo. Se prevé una buena asistencia. En total se han unido seis diseñadores emergentes más a la idea inicial de Marta. La unión hace la fuerza y los gastos mejor dividirlos. Han petado de invitaciones a los medios del sector, youtubers e influencers. Un regalo bonito para cada uno de ellos para que puedan subir una historia chula a sus redes y bualá, de repente tienes el evento en boca de todos y los modernos de turno se mueren por estar en él. La moda siempre ha servido como diferenciador social y hoy en día quién no quiere sentirse especial.

Cantantes de música urbana, actores, ricachones de buena cuna, gente del mundo del arte... Nadie se lo quiere perder. Marta está buscando notoriedad y no se va a quedar a medias tintas. Está a tope todo el día, parece que lo tiene controlado. Quizás esté abusando un poquito de más de la farlopa pero, cada uno con sus métodos.

Después del desfile habrá fiesta. Han alquilado un gran loft en una de las torres de la Plaza Central.

Habrá comida, bebida y por supuesto drogas y habitaciones vacías. Este momento es casi tan importante como el desfile en sí. Aquí es donde se hacen los contactos y la mayoría de negocios.

Solo espero que salga todo bien. Hay mucho dinero invertido con créditos de por medio. A la mayoría de pequeñas y medianas empresas se las cargan los intereses de los préstamos durante los dos primeros años, aunque el negocio funcione. No son capaces de levantar la cabeza de nuevo sobre ese 5/10% que se hace más grande mes a mes, como una pelota de nieve colina abajo. No es lo mismo pero por esa razón, cuando cojo merca nunca pido prestado. Lo malo es cuando tienes la idea pero no los suficientes recursos para empezar.

Últimamente no paso mucho tiempo en casa, así que es Javi el que se está encargando del negocio. Ya me ha confirmado que en tres meses cuando se le acabe el contrato se mudará. Finalmente no se marcha solo, lo hace con una chica con la que lleva ya un par de meses saliendo. A veces les oigo follar. Más en concreto a ella. Ronronea como una gata en celo. Es todo un espectáculo, creo que la oyen en todo el edificio. Hay caras curiosas, personalidades excéntricas y también orgasmos y ruidos in-coito rocambolescamente peculiares. Lo importante es que se lo pasan bien.

Ya tengo un candidato para ocupar la habitación cuando Javi se marche. Se llama Iñigo y aún no lo conozco en persona pero es amigo de Dani. Prefiero que entre alguien cercano antes que un desconocido. En cualquier caso, aún queda tiempo suficiente para darle vueltas al tema y no lo voy a pensar hoy, estoy agotado.

Hacía tiempo que no curraba tanto como estas últimas dos semanas. El nombre de Eva aún está ahí pero empieza a sonar como un eco cada vez más lejano. Empiezo a entender, en parte, el amor de mi padre por el trabajo.

31

El desfile fue increíble. El espectáculo que se formó en la antigua nave industrial se vio impresionante y no dejó a nadie indiferente. En los fotocols de la entrada se dejaron ver personalidades de todo tipo, entre los que se colaron músicos de moda de la nueva ola con tatuajes extravagantes en la cara. Finalmente no acudió al evento toda la gente que se esperaba, pero todos los que vinieron querían salir en la foto luciendo sus mejores galas, bombardeados bajo ráfagas de luz provenientes de los flashazos de los periodistas. Fueron dos horas de espectáculo en las que el equipo de sonido y luces acompañaron el movimiento de los modelos, potenciándolo como los anabolizantes inyectados que añaden un extra a los culturistas.

Los diseñadores mostraron sus prendas con cortes de todo tipo: clásico, futurista, con lazos enormes, prendas escuetas con cuadros, círculos, estampados lisos ... sobre modelos en su mayoría pálidos y delgados, con paso decidido y altivo. Era mi primera vez en un desfile y puedo concluir que impresiona. He captado buenas fotos. Seguramente están lejos de lo que se espera que deben ser unas fotografías de pasarela, con cuadros muy cerrados en búsqueda de los detalles, no sólo centrándome en la ropa; pero estoy cansado de que todo sea siempre igual. Marta ya me conoce y no le parece mal. Mis preferidas son las que captaron la expresión del público. Pura emoción y marujeo.

Después nos hemos movido a la fiesta del centro y ha empezado lo bueno. Comida, bebida y droga en cantidades industriales, aunque para algunos invitados en concreto, solo droga. La comida es uno de los pocos lujos no siempre asequibles en el mundo de la moda.

Desde la entrada se escuchaban los "querido" y los besos; se veían los abrazos, sonrisas y tocamientos de manos... Los fármacos (con y sin prescripción médica) ayudaban a construir el resto del ambiente. La gente más snob no tiene gustos muy distintos a los círculos liberales en los que me muevo normalmente, sólo más caros. En realidad en la fiesta había gente pero al igual que en el desfile, no tanta como se esperaba. Una mezcla variopinta de super pijos y personas algo turbias.

Dos chicas que habían desfilado, una con el tono de piel ébano y el pelo rizado casi al cero, la otra pelirroja, pálida como un iceberg, que en unión se asemejaban al día y la noche; pusieron su atención en mí. Me debían de haber visto cerca de Marta durante los preparativos y pensaban que además de fotógrafo, era alguien importante. No podían estar más equivocadas. Eran altas y delgadas y relucientes como cadenas de oro colgadas desde el techo. Desde luego eran bellas y lo habrían sido más si no fuera por su extremada delgadez, tanta que se les marcaban los huesos. No es el tipo de belleza que me suele atraer. En cualquier caso eran exóticas y me parecieron interesantes. Pocas cosas hay tan excitantes (en un término más amplio de lo sexual) que lo desconocido. Pronto el ambiente empezó a subir de tono y cuando me ofrecieron ir a un cuarto a tumbarnos y meternos fentanilo, un opiáceo de venta en farmacia más potente que la morfina, decidí por el bien de mi integridad salir a la terraza a tomar un poco el aire.

Desde allí se veía la ciudad entera. Las vistas intuían que para organizar todo aquello se habían gastado bastante dinero. Una buena estrategia para convertirte en algo es pretender que ya lo eres, y eso mismo estaba haciendo Marta.

Me eché un cigarro contemplando las vistas hasta que me percaté de que Marta también estaba en la terraza y me hacía gestos para que me acercara. El viejito con el que se encontraba se llamaba Amancio y se tapaba la calva cruzando de lado a lado de la cabeza los pocos pelos blancos que le quedaban. Vestía traje verde oscuro con cuadros amarillos y unas gafas redondas, sujetas sobre su afilada nariz, que no conseguían esconder su mirada pervertida. Marta nos presentó y dejó caer que Amancio dirige una importante galería en la que organiza exposiciones privadas a una larga y pudiente clientela construida con perseverancia durante el transcurso de largas décadas. Todo tipo de obras. De vez en cuando también trabajos fotográficos.

Tras un rato de charla Marta se disculpó y Amancio y yo entramos a sentarnos en uno de los mullidos y enormes sofás de la estancia principal. Se interesó por mi obra. Me preguntó por forma y contenido. Parecía divertirle lo que le contaba sobre mi trabajo. Me definió como un moderno punk o un poeta visceral y dejó caer la posibilidad de quedar un día en su despacho para enseñarle mi trabajo más detenidamente, todo esto mientras me guiñaba un ojo, justo antes de empolvarse la nariz con una cantidad más simbólica que práctica (la edad no perdona a nadie). La conversación se volvía cada vez más desconcertante mientras me hablaba de sus tiempos jóvenes y proezas con las drogas y el sexo, acompañando a cada frase con risotadas agudas que parecían los quejido de algún ser mitológico. Yo ya no sabía por donde pillarle cuando me comentó que ya a duras penas (¿o blandas?) se le levantaba, pero que eso no era problema para disfrutar del libertinaje y acto seguido me volvía a guiñar el ojo. ¿Me estaba tirando los tejos?

Efectivamente, porque sin más miramiento con su pegajoso tono sibilante me ofreció hacerme una mamada , alardeando de su buena técnica, pulida a través de decenios limpiando sables. Me quedé un poco paralizado, con la copa de whisky en la mano y antes de que pudiera contestar nada lo entendió todo y añadió que no me preocupase, que si me la chupaba sería estupendo (sobre todo para mi, dijo), pero que si no lo hacía, lo de enseñarle mi trabajo seguía adelante, que esto ya no eran los 90. Aliviado y con toda mi buena educación, decliné la oferta y no pasó mucho tiempo hasta que él mismo me dio su tarjeta, me dijo que llamara a su secretaria para concertar una cita y se despidió en busca de nuevos jovencitos a los que felar.

Al poco rato, cuando la fiesta terminaba por desmadrarse del todo, decidí recoger cable camino a casa con la mejor de las intenciones para mis hábitos y nuevo estilo de vida. Me despedí de Marta y el resto del equipo que querían que me quedara hasta el final pero eludí sus súplicas con besos de despedida. Desde el ropero, antes de salir, divisé al bueno de Amancio cogido de la mano de un nuevo joven pupilo. Me despertó una sensación entre gracia y grima.

A las modelos no las volví a ver.

32

Blanca decía que era un tipo interesante pero solitario y casero. Quizás por eso cuando lo dejamos me entregué más que nunca a la fiesta y los eventos sociales. La relación con Eva ha sido distinta en todos los sentidos, desde luego nada al uso. De hecho nunca hemos llegado a salir, en el sentido clásico de la palabra. Lo que me echaba ella en cara era que no estaba capacitado para cuidar de los demás y que por eso se me morían las plantas. Quizás ahora por este motivo me ha dado por la botánica, para convencerme a mí mismo de que se equivocaba.

Actualmente tengo media docena de macetas y están todas preciosas. Le dedico a cada una el tiempo que necesita. Tendría más pero antes me gustaría saber que al nuevo compañero de piso no le molestarán. Para eso necesitaría saber quién será mi nuevo compañero.

Javi se marcha en apenas un mes y aún no lo tengo claro. Quizás no lo he intentado mucho de momento, pero es que me siento raro con el cambio, aunque supongo que eso da igual, porque me sienta como me sienta va a suceder de todos modos.

Íñigo (el colega de Dani) ya está totalmente descartado. Hace unos meses habría sido una cosa distinta, pero ahora nos encontramos en modos vitales diferentes. Le gusta la fiesta más que a mi una nueva óptica. Quedamos los tres (Dani, él y yo) para tomar algo a las cuatro de la tarde y acabé volviendo a casa borracho como una cuba y la nariz empolvada. Dos no se lían si uno no quiere, pero mientras más me mantenga alejado de esos planes más fácil me será todo por el momento.

Blas me ha aconsejado que en este punto de la historia en el que ya me estoy centrando (así lo llama él), una buena forma de generar endorfinas igual que cuando se consumen drogas, es hacer deporte. Me ha mostrado un artículo y todo, escrito por no sé qué universidad de California hablando del tema, pero creo que el que escribió el artículo y yo consumimos drogas distintas. Las flexiones a mí no me sientan de la misma manera.

También me ha hablado de distraerme con otros hobbies, como la cocina. Mi problema es que me falta paciencia y acabo comiéndome todo antes de que llegue al plato. Además no se me da demasiado bien, he tenido que tirar ya tres lubinas. Con la fotografía y el cuidado de las plantas por el momento me basta.

33

Hace diez años me imaginaba que, en estos momentos con esta edad, estaría en otro punto de mi vida.

Nunca fui demasiado buen estudiante. Tampoco nada demasiado malo. Simplemente me era complicado sentirme motivado sentado seis horas al día en aquellos pupitres, encerrado entre cuatro paredes. Pero me hice a la idea de quitarme el instituto de encima rápido para ir a la universidad y acabarla cuanto antes. Después vendría el trabajo y con ello el éxito y los propósitos cumplidos. Me equivocaba. Para eso primero tiene que haber propósitos, no solo un querer quemar etapas.

Ahora de repente se me dibujan nuevos viejos propósitos justo enfrente de mis narices y no sé muy bien cómo afrontarlos.

Ayer estuve toda la tarde ordenando mis trabajos fotográficos de más de una década. Después cogí la tarjeta que me había dado Amancio y descolgué el teléfono para llamar a su secretaria. Concretamos cita para hoy por lo que me pasé esta tarde a verle con dos carpetas repletas de instantáneas ordenadas bajo el criterio más estricto para realizar una gran exposición al más puro estilo del "Ciclo de las memorias bizarras", como guiño a aquel adolescente sin tapujos, enamorado de la fotografía, que comenzó hace ya tantos años atrás.

A Amancio le ha encantado. Me promete el éxito (el profesional al menos). Dice que si le dejo exponer mis obras en su galería causará furor entre sus habituales y que colocaremos muchas piezas en sus bolsillos. Podría pensar que me está vendiendo la moto pero no lo creo, porque él se gana la vida con ésto y lleva ya varias décadas. No me lo propondría si no fuera a sacar una buena tajada de mis obras, lo cual me parece totalmente lícito. Una cosa es hacer y otra muy distinta y con la que necesito ayuda es vender.

El problema es que quiere descontextualizar las fotos, coger unas cuantas de cada colección, separarlas y agruparlas por colores. Así pierde la fuerza visceral y sobre todo el sentido concreto que les quería dar. Siempre es lo mismo, todos pretenden cambiar mi trabajo. Es molesto, como si alguien me llamara a todas horas con el nombre de otro.

Lo he intentado pero no hay negociación posible. Hasta me he ofrecido a chupársela por mantener la obra intacta pero me lo ha denegado y dice que ésto es lo que hay, o lo tomo o lo dejo.

Me ha dado un tiempo para pensármelo. Mañana le pediré consejo a Dolores.

34

Al llamar al timbre no contestaba nadie, cosa rarísima porque siempre está en casa. Era la primera vez que sucedía. No suele salir y desde luego nunca los días en los que quedamos para tomar café. A las dos horas he vuelto a intentarlo y he obtenido la misma respuesta. Nada.

Quizás tuviese cita médica, así que he bajado a preguntarle al portero, para ver si la había visto o si sabía algo. Cuando me ha dado la negativa algo en mí se ha encendido y el corazón me ha empezado a latir deprisa.

En apenas veinte minutos cuatro bomberos trabajaban en la cerradura de la casa. El método que han utilizado para abrir la puerta ha sido a base de palancas y golpes. Les ha llevado un par de minutos porque Dolores ya era mayor y un tanto temerosa y cerraba siempre con varias vueltas de llave.

Luego han entrado y confirmado la peor de mis sospechas. No he podido acceder a la vivienda porque no guardaba relación familiar directa con la muerta y he tenido que esperar a que la ambulancia la sacara en camilla para poder imaginar su cuerpo inerte a través de la bolsa.

Como no cabía en el ascensor la han bajado por las escaleras. Los operarios intentaban ser elegantes y no apoyar los ruedines sobre los escalones pero Dolores debía de pesar y a cada piso que bajaban, inevitablemente al roce con las escaleras, el cuerpo inerte se movía al son de una danza de espasmos sobriamente ridícula, como si la muerte pretendiera reírse de nosotros y perder toda la seriedad con la que la solemos envolver.

Luego han subido la camilla al vehículo y han cerrado la puerta. Han encendido las luces de la sirena y segundos después me he encontrado a mí mismo solo en mitad de la acera.

Sabía que ésto sucedería tarde o temprano pero uno nunca está preparado ni se espera que ese día vaya a ser hoy.

Ella solía decir que nada es para siempre, y razón no le faltaba.

35

En el funeral había poca gente, pero comparado con su día a día aquello parecía una multitud. Sabía que Dolores tenía sobrinos pero nunca había visto a ninguno antes. De repente se muere y allí están todos.

El sermón ha sido rápido, puro trámite. Después hemos seguido al coche fúnebre desde la salida del tanatorio, ubicado en el propio cementerio, hasta la abertura rectangular en la tierra. Una vez han introducido el ataúd, los trabajadores han tapado el hueco con prisa, como si Dolores amenazara con escapar.

Los familiares tan pronto han podido se han trasladado a la cafetería, lo que me ha permitido unos minutos para despedirme de Dolores a solas. He acariciado la lápida que estaba caliente porque le daba el sol de pleno. Constaba de nombre y fechas pero sin ningún epitafio. Habría sido bonito poder leer algo. Parecía increíble que ése momento hubiera llegado. Nunca me sucede con las cosas personales pero en esta ocasión sí que se han derramado lágrimas por mis mejillas.

A la salida, una señora que estaba en el entierro, de unos cincuenta años, se ha interesado por saber quién era yo y la relación con su tía. Cuando le he dicho mi nombre se le han iluminado los ojos. Por lo visto aparezco en el testamento y en términos legales es importante que todos los herederos firmen la conformidad, aunque en la práctica no sea necesario del todo, menos cuando se trata de gente tan mayor. En cualquier caso les ahorraba mucho papeleo por lo que se han llevado todos una alegría.

Les ha durado poco. Lo único que tenía Dolores realmente de valor económico era el piso, pero por lo visto pertenece al banco por no sé qué chanchullo que le hicieron firmar hace quince años con un producto financiero. El resto eran ahorrillos y los muebles y cosas de la casa.

Nunca llegué a pensar que Dolores me pudiera haber incluido en su testamento, pero al fin y al cabo no tenía a mucha gente cercana, así que tampoco es raro. Me ha dejado 1500 euros y unos retratos fotográficos de cuando era joven en los que sale realmente hermosa. Me ha hecho mucha ilusión que pensara en mí para guardar aquellas fotos.

Para firmar la conformidad le he pedido antes una cosa a la familia. Que me dejaran comprar una lápida nueva con epitafio. No les ha importado demasiado con tal de que firmara y poder marcharse pronto de allí.

He comprado una super lápida. La más bonita que he podido, con estatua y epitafio, por valor de 1500 euros. Además del nombre y las fechas se puede leer en grandes letras con relieve "Te quiero por lo que eres".

Te echaré de menos, amiga.

36

Blas dice que no me debería quedar solo. Me conoce y sabe que me gusta ahogarme en mi propia soledad. Me entristece que Dolores ya no esté pero lo entiendo, era una persona mayor.

No he querido molestar a Marta porque sé que anda liada con el curro, devolviendo el dinero que pidió prestado para montar el evento. De momento la cosa va bien, pero ahí sigue, al pie del cañón, porque como siempre, nadie regala nada.

Iba a llamar a Dani pero se me ha adelantado Laura. No era el plan que más me apetecía, pero cuando le he contado lo del entierro, ha insistido en venir, tanto que he terminado por acceder.

Hemos charlado largo y tendido. Me ha contado lo

importante que fue su abuela para ella. Por ella eligió estudiar literatura. Siempre la recuerda con un libro en la mano. Cuando se murió lo sintió mucho y lloró como una magdalena. Luego ha leído unos poemas muy bonitos sobre la muerte. Me gusta más cuando lee que cuando habla de la escritura.

Después me ha preguntado tantas cosas sobre mí y mi fotografía que se me ha olvidado todo lo demás. Creo que era lo que intentaba y lo ha conseguido. Después hemos hecho el amor y le he pedido que se quede a dormir. Está preciosa mientras sueña.

37

Javi se marcha en apenas unos días y todavía no tengo sustituto. El goteo del grifo del baño me ha despertado con este pensamiento entre ceja y ceja. Si fuera un diccionario, "procrastinar" sería mi palabra favorita pero no quiero éso por más tiempo. Al final todo se acaba, prefiero no malgastar los días.

He sentido el impulso de arreglar yo mismo el grifo de una vez por todas pero mi experiencia con la estantería fallida ha hecho que descuelgue el teléfono para llamar a un fontanero de verdad. En apenas dos horas y unos cuantos euros, estaba todo solucionado. Aunque lo pretendiese no era para tanto. Son a veces los pequeños detalles los más importantes y con ellos nos autocondicionamos.

La puerta de la casa de Dolores antes era un soy y

ahora es un era. Hoy me tocaría hacerle la compra, pero en su lugar he quedado con Laura. Últimamente pasamos mucho tiempo juntos. Estoy empezando a cogerle el gustillo a la lectura, hasta he terminado el libro que me regaló hace meses. Ella también se interesa por la fotografía y me ha animado a aceptar la oferta con Amancio, incluso ha propuesto un título "Suciedad y colores". Al principio no me convencía, consideraba que no estaba siendo sincero con mi yo del pasado, el mismo que tomó las fotos en búsqueda incansable de "los instantes eternos"; como si me obligara a mi mismo a ser siempre el mismo yo, como si las cosas que he vivido no me hubieran cambiado y siguiera siendo igual que hace unos años, unos meses, unos días... Quise creer que "los instantes eternos" serían realmente eternos.

Da miedo perder los logros pasados, lo bueno de esos momentos, pero quizás haya que aprender a soltar y no aferrarse para poder seguir creciendo. Creo que tengo derecho al cambio, a no ser siempre el mismo, y con ello al presente. Siempre hubo suciedad en mí pero ¿por qué no dar cabida ahora a un poco de colores? Con todo, hemos concretado ya una fecha. Estreno en un par de semanas, justo días antes de mi cumpleaños.

No me suele gustar demasiado esa fecha. Cada año me recuerda que me queda un poco menos. Lo peor es que con ello no me siento más maduro, solo más viejo.

Normalmente me pegaba la fiesta padre pero este año voy a prescindir de la resaca. Voy a optar por otros planes. Quizás vaya de visita al pueblo.

Mi madre se ha sorprendido cuando se lo he dicho. Creo que le ha gustado, aunque le ha cogido por sorpresa y no ha sabido muy bien cómo contestar. A mí mismo me ha pillado un poco desprevenido pero al fin y al cabo son mi familia. Con o sin cumpleaños no estará mal pasar a verlos sin necesidad de que llegue ningún entierro.

Cuando vuelva, si todo va bien, con lo que ahorre de la exposición miraré otro piso al que mudarme solo. Uno luminoso en el que quepan más plantas. Quizás más a las afueras, en una zona más tranquila.

Pero sobre todo, lo que más quiero hacer es un viaje.

En realidad no me gusta viajar, es como estar en tu ciudad pero sin casa propia ni amigos, visitando las cosas que los autóctonos nunca frecuentan. Apenas he pisado monumentos o iglesias desde que me mudé a esta ciudad, ¿por qué iba a hacerlo en otro sitio?

Pero esta vez se trata de algo diferente.

El retrato de Dolores se merece ver el mar.

Quiero agradecerles a David, Marina, Juan Luis, Jesús y Teresa el tiempo dedicado a leer y opinar sobre el manuscrito y en especial a Iago y Cristina, por su incalculable ayuda.

También a Altair por ayudarme a redondear la obra, a Marshall por su maquetación y a Pablo por una increíble portada, sin olvidarme de los diseños de Piter y Kairon.

Este libro ha sido gestado por autopublicación y de manera colaborativa. Si te ha gustado no dudes en compartirlo, tu voz es y siempre será el gesto más poderoso.

A vosotros que apostasteis por el libro quiero
dedicaros este espacio.

Gracias por formar parte de esta historia.

Patricia Martín Torres

Amaia San Miguel

Pili y Jesús A.

Miguel González Cinos

Xabier Ancin

Lucas Zamora

Feli Navarro

Marina Sastre

Juan Ángel García Viedma

Rubén Huaynates

Maude Poissonnier

Sergio Chile

Fabri Triviño

Belén Diago Diago

Elisa y José Luis

David B.

Jesús Navarro

Teresa Gascón

María Calavia

Olga Salamero

Rosario Manero

Puril Balcels

Mariví Zapata

Tamara

Inmaculada Rodrigo

Janis GM

Jorge Sirvent

Angelines Navarro

Max Rosenberg

Dani Esparza

Carmina Gascón

Clotilde López Garcin

Elena Cabrejas

CRLS

Noemí Moros

Fernando Valencia

Richi Lasheras Vela

Amparo Rodríguez

Camina Trejo

Abel Pérez

María Rey

Aitor Doria

Raúl Fernández
Pedro Gabal
Silvia Garra
Elena Martínez
Patricia Pon
Ana Mata
Kois
Cecilio Escribano
Miguel Vega
Susana E.
Nerea Campoamor
Fran Leto
Rafa
Gonzalo Bermejo
Álvaro Luchana
Manolo Valdeiglesias
Rubén Carpe
María José Ventrel
Selena Gamo
Eva S.
Pedro Castillo
Irene Peña
Manuel Sierra
Marta Soto
Guillermo T.
Begoña Martínez
Susana Algar
J. C. Lima
Laura Benito

Jorge Pan
Marcos Ramos
Claudia del Rey
Beatriz Illescas
Paloma Sergo
Carlotta A.
Juan Díaz
Mapi
Pilar Casado
Carlos Lomeda
Inés Navarro
Carmen Arbel
Tatiana R.
Manuel Tejo Almagro
Lucas Méndez
Carla Esteban
Iñaki Bastos
Christian C.
Roma Loera
Ana Belén Amor
Guillermo Recio
Andrés Pérez
Jonás Rico
Cristina Paz
Jacobo Caño
Manuela Berros Almidia
Claudia Ramírez
Raúl Treto
Amparo Ridel

Víctor Morado

Jomalofe

Begoña Puente

Macarena Sotillo Peña

Esteban Nadador

Leni Páez

Vanessa Domerio

María L.

Araceli M.

Jaime Rodríguez

Ricardo Lasheras Vela

Luis

Águeda Millan

Mario Pastor

Sophie P.

ÍNDICE

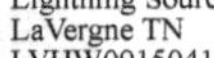